CHOCOLATE À CHUVA

Livros da autora publicados pela

CAMINHO

ROSA, MINHA IRMÃ ROSA
Prémio de Literatura Infantil
«Ano Internacional da Criança»
(1.ª edição, 1979; 10.ª edição, 1990)

LOTE 12, 2.º FRENTE
(1.ª edição, 1980; 7.ª edição, 1989)

CHOCOLATE À CHUVA
(1.ª edição, 1982; 7.ª edição, 1991)

A ESPADA DO REI AFONSO
(1.ª edição, 1981; 7.ª edição, 1991)

ESTE REI QUE EU ESCOLHI
Prémio Calouste Gulbenkian
Literatura Infantil 1983
(1.ª edição, 1983; 7.ª edição, 1989)

GRAÇAS E DESGRAÇAS
DA CORTE DE EL-REI TADINHO
(1.ª edição, 1984; 6.ª edição, 1989)

ÁGUAS DE VERÃO
(1.ª edição, 1985; 3.ª edição, 1989)

FLOR DE MEL
(1.ª edição, 1986; 3.ª edição, 1989)

VIAGEM À RODA DO MEU NOME
(2.ª edição, 1987; 4.ª edição, 1990)

PAULINA AO PIANO
(2.ª edição, 1987; 3.ª edição, 1989)

ÀS DEZ A PORTA FECHA
(1.ª edição, 1988; 2.ª edição, 1989)

A LUA NÃO ESTÁ À VENDA
(1.ª edição, 1988; 2.ª edição, 1989)

ÚRSULA, A MAIOR
(2.ª edição, 1990)

OS OLHOS DE ANA MARTA
(1.ª edição, 1990)

LEANDRO, REI DA HELÍRIA
(1.ª edição, 1991)

PROMONTÓRIO DA LUA
(1.ª edição, 1991)

CHOCOLATE À CHUVA

ALICE VIEIRA

ilustrações de HENRIQUE CAYATTE

CAMINHO

7.ª edição

CHOCOLATE À CHUVA (7.ª edição)
Autora: Alice Vieira
Capa e ilustrações: Henrique Cayatte
Revisão: Secção de Revisão da Editorial Caminho
© Editorial Caminho, SA, Lisboa, 1982
Tiragem: 6000 exemplares
Composição: Maria Esther — Gabinete de Fotocomposição
Impressão e acabamento: Guide-Artes Gráficas, Lda.
Data de impressão: Fevereiro de 1992
Depósito legal n.º 6938/85
ISBN 972-21-0037-8

Capítulo 1

Fizemos malas, desfizemos malas, vamos embora, não vamos embora, tira o mapa da gaveta, volta a pôr o mapa na gaveta, cuidado não te entales, contámos o dinheiro pela 146.ª vez, a Rosa tolinha de todo a aumentar ainda mais a confusão agarrada às nossas pernas a gritar «eu tenho cinco réis como a Carochinha», e o meu pai com aquele ar de quem não está para achar graça nem à filha mais nova, quanto mais.

Não há dúvida: férias são rica invenção, sim senhora. Gasta-se mais dinheiro do que nos outros dias (diz o meu pai), cansamo-nos mais do que a trabalhar (diz a minha mãe), deixamos a casa fechada e sozinha o que é um perigo (diz a minha avó), não vou dormir na minha caminha e com a minha almofada (diz a minha irmã), zangamo-nos todos à partida, à chegada, e quando não se encontra o lugar para arrumar o carro (digo eu), mas não há nada melhor neste mundo, ó gentes! Admirarmos os rios, os riachos, os montes, os vales, e o meu pai acaba sempre por dizer «há lá coisa mais linda que o Largo 5 de Outubro», que foi onde ele nasceu em Vila Flor, às três e meia da tarde, e a minha mãe pronto, amua até dali a um quarto de hora que é quanto duram os amuos dela. Durante esse quarto de hora, o meu pai aproveita para gabar, pela 486.ª vez, as maravilhas do seu largo, da sua terra, da água das suas fontes, da cor dos ovos, do sabor das couves, e do som dos sinos.

Depois encavalita a Rosa num dos joelhos e pergunta:
— Rosinha, o que é que aconteceu no 5 de Outubro?
E a minha irmã, muito bem mandada, responde:
— A República.

Mas engasga-se pelo meio da palavra, que é grande de mais para o três anos dela, e põe «rr» onde eles não existem, e tira o «l» donde ele devia estar, e fica assim uma república um bocado às três pancadas, mas o suficiente para o meu pai estalar de contente:
— Rica menina!

Começa logo a assobiar o hino nacional, depois passa para o da restauração, e aí a minha mãe decide acabar o amuo, antes que venha também o da Maria da Fonte, que nisto de hinos patrióticos ninguém leva a palma ao meu pai.

Mas como eu ia dizendo, não há nada melhor que as férias. O ano passado tínhamos decidido ir até Espanha. Mais propriamente Sevilha e Granada.

O meu pai foi buscar o atlas e mais o mapa que tem sempre no carro, e logo ali começamos a viajar com os dedos — o que, diga-se de passagem, é bastante mais económico e menos cansativo. E com um bocadinho de imaginação, sempre se vai conhecendo alguma coisa. Só não se mandam bilhetes-postais aos amigos.

— Estás a ver, a gente pode sair de casa cedinho... (Cedinho é palavra que ele usa quando nos quer fazer levantar da cama às quatro da manhã.)
— ... vai direito a Vila Real de Santo António, atravessa a fronteira em Ayamonte, segue por Huelva e num instantinho está em Sevilha. Olha aqui.
Íamos seguindo o mapa onde, em duas páginas seguidas, se estendia a Península Ibérica. Ali realmente era tudo um instantinho. Da fronteira a Sevilha era só uma distância igual a metade do meu indicador.
O meu pai, depois de breve paragem, metia de novo a primeira e arrancava, agora para Granada.
— Depois dávamos ainda um salto a Córdova, víamos a mesquita, ouvíamos as histórias do guia sobre o Manolete...
(Aqui eu interrompi para perguntar quem era o Manolete, ele explicou-me que tinha sido um grande toureiro morto em plena praça pelo touro, e tornou a embalar.)
— ... dávamos por lá uma volta e num instantinho estávamos em Granada.
Mania que as pessoas têm do «instantinho». Quando não sabem medir o tempo e se querem convencer de que tudo é fácil e à medida dos seus desejos, lá lhes rebenta da boca o instantinho. Lembro-me que, no dia em que a Rosa nasceu, toda a gente me jurou que ela ia crescer num instantinho.
Mas com instantinho ou sem ele, a ideia parecia ter pegado. Logo aí comecei a tentar aprender algumas palavras de espanhol, apesar de toda a gente dizer que espanhol é língua que todo o português já nasce a saber falar. O pior são as dificuldades que surgem quando é mesmo preciso falar. Por isso, como pessoa previdente que sou (ah! ah!) arranjei logo um daqueles livros de aprender línguas à pressa, e passado uma semana estava pronta a dizer inúmeras coisas úteis para a minha viagem, a saber:

— os chineses são amarelos;
— o vestido da minha amiga é mais comprido que o meu;
— o canivete do meu avô é de boa marca;
— os cavalos dormem de pé;
— desculpe, mas não acredito em fantasmas;
— o seu nariz tem uma verruga;
— prefiro tinto, obrigada.

E outras frases mais ou menos neste estilo. O que, com uns bons «olés» pelo meio, davam todo o conhecimento necessário.

Pelo sim pelo não, apesar das suas notórias dificuldades com a república, achei que era meu dever de irmã mais velha dar algumas luzes da língua estrangeira à minha irmã. Depois de muito trabalho com ela, ao fim de uma tarde (digamos, de um instantinho) a Rosa sabia dizer:
— bruxa;
— barbeiro;
— foguetão;
— polícia.

Resumindo: sabíamos tudo. Podíamos passar a fronteira que a Espanha — olé! — era nossa.

Capítulo 2

Só que uma semana antes da partida a Rosa apareceu com varicela, e já não fomos. Por acaso ela já devia andar com varicela há bastante tempo, mas ninguém tinha dado por isso. Lá que estava toda cheia de borbulhas, isso estava. Mas a gente olhava para ela e dizia:
— É do calor.
Como decerto teríamos dito «é do frio», se estivéssemos no Inverno. Mas a uma dada altura a minha mãe lá achou que eram borbulhas a mais e levou-a a um médico de urgência, que o Dr. Cunha estava de férias. Depois de esperar quase duas horas numa salinha cheia de miúdos a berrar, fartos de ali estarem aperrados ao colo das mães a Rosa lá foi vista pelo médico. Em cinco minutos (aqui é que foi mesmo um instantinho), ele sossegou a minha mãe:

— Não se aflija, minha senhora. É um fungo. Ponha mercurocromo nas borbulhas e isso passa.
Se há coisa que eu não gosto nem um bocadinho é de dar parte de fraca. Por isso logo que a mãe contou a opinião do médico, peguei no meu dicionário para ver que coisa seria essa de fungo. Abri-o, página 570, em baixo: «Fungo, s. m. (lat. *fungu*) planta criptogâmica sem clorofila. Cogumelos. Bolor. Fungão. Fruto angolense semelhante à ameixa. Induna moçambicana. Acto de fungar. Excrescência esponjosa, carnuda, da pele, principalmente em volta de uma chaga.» Como ficasse mais ou menos na mesma, não tive outro remédio:
— Mãe, que coisa é essa que o médico disse que a Rosa tinha?
A minha mãe encolheu os ombros:
— Disse que eram borbulhas, olha a novidade. Isso também eu vejo e não foi preciso tirar curso de médica!
Por isso, assim que a minha mãe soube que o Dr. Cunha já tinha regressado, levou lá a Rosa, farta de médicos, ela que nunca gostou muito deles. Estávamos precisamente a uma semana da viagem. Quando a mãe voltou, vimos logo pela sua cara que a viagem ia ser apenas no atlas, dedo estendido, e a imaginaçãozinha a fazer de guia, soubesse ou não histórias do Manolete.
— A Rosa está com uma camada de varicela que o Dr. Cunha nem precisou de a olhar muito para descobrir. Só se espanta como ela anda bem-disposta e sem febre.
Na manhã seguinte, enquanto eu desfazia a mala que já tinha começado a fazer, a Rosa estava com 40 graus e a Espanha ficava cada vez mais longe.
Tão longe, que eu aprendi desde esse dia a não fazer projectos (nem malas) com antecedência. Só na véspera, e mesmo assim.
Tão longe, que ainda hoje lá está, no mesmo local, na mesma página do mapa, toda pintada de amarelo e verde,

com uns risquinhos azuis pelo meio, que são os rios, afluentes, e subafluentes.
 Tão longe e eu aqui, neste lote 12, 2.º frente, à espera de um dia entrar finalmente no carro («muito cedinho»), passar Vila Real de Santo António e chegar («num instantinho») a Sevilha, olé.
 O meu pai garante:
 — Desta vez é que não falha.
 Eu vou dizendo que sim senhora, pois claro, havia lá de falhar. Para o fazer contente volto a tirar o atlas lá do alto da prateleira do armário, volto a percorrer a viagem que os meus dedos fizeram o ano passado (muito viajados são estes meus dedos!) vou até pondo de lado a roupa que quero levar («é melhor calças para a viagem, não é mãe?»), economizo nos gelados e no chocolate para meter algum dinheiro ao bolso («é sim, filha»), mas no fundo, bem lá no fundo, sei perfeitamente que dias antes da partida a Rosa há-de aparecer com sarampo, o pai com gripe asiática, a mãe com pneumonia, eu com uma perna partida.
 Mas vou dizendo que sim senhora, que desta vez é que não falha. Depois sento-me aqui diante da janela do meu quarto, que dá para esta praceta que nunca mais há-de ter nome, por mais reuniões que se façam, por mais abaixo-assinados que se mandem para a junta de freguesia e para a câmara, e penso que a minha Espanha há-de sempre ser esta — a erva a crescer por entre latas de detergente vazias e amolgadas, os autocarros que passam em frente, as vizinhas que só se conhecem quando estendem roupa nas cordas ou dizem algumas palavras através das janelas, agora abertas porque é Verão.
 Às vezes quando penso nisto dá-me vontade de rir: viajar para Espanha (ou para outro qualquer estrangeiro), quando a gente não conhece nem o nosso bairro. Também, que haverá para conhecer neste bairro onde as pessoas só vêm para dormir, cansadas do trabalho e a

ralhar com os filhos, que eu bem os ouço. De resto, por mais que eu queira evitar, ouço tudo o que se passa em casa dos meus vizinhos. Acho até que a minha vida está toda programada em função desses barulhos. Procuro adormecer nos breves intervalos em que o frigorífico da viznhia do 2.º esquerdo está desligado, e assim que o vizinho do 3.º frente tenha atirado com os sapatos para o chão. Primeiro vem um, a seguir o outro. Alguns minutos depois (estará o vizinho a fazer as palavras cruzadas como o meu pai, ou a ler como a minha mãe?) ouço o leve rumor do interruptor que se apaga, sei que não tarda a começar a ressonar, é aproveitar então para dormir. Porque logo às seis e meia o vizinho de 2.º direito levanta-se e abre a água para o duche, e o contador da água fica do lado de lá da parede do meu quarto, de modo que cada vez que ele abre as torneiras a minha cabeça salta, como se algum interruptor estivesse colocado no meio dela, ou se a água fosse começar a sair pelos meus cabelos espalhados na almofada.

A minha mãe farta-se de resmungar com estes barulhos. Diz que é tudo defeito da construção do prédio, que dantes não acontecia isto nas casas onde as pessoas moravam, «sobretudo lá no Largo 5 de Outubro», diz logo o meu pai, se a ouve.

Ao princípio, devo dizer que também me incomodavam m bocado, e sentia muitas saudades da casa antiga. Agora acho que já me habituei a eles. Como me habituei a esta praceta sem nome e sem graça.

Como me vou habituando à ideia de as viagens a Espanha (ou a outro qualquer estrangeiro) ficarem para sempre entre os meus dedos e os meus sonhos, nada mais.

Capítulo 3

Agora acho que sim, que devo ter batido a porta com muita força. Acho também que gritei mais do que era preciso, toda a gente me ouve quando falo. Acho que trepei a escada sem esperar pelo elevador e cheguei a casa a deitar os bofes pela boca (não esquecer de ir ao dicionário ver o que são bofes, adiante). Acho que entrei e não dei as boas-tardes a ninguém e talvez até tenha empurrado a Rosa que me veio esperar. Acho que não bebi o leite que a avó Elisa tinha já colocado num copo de vidro alto em cima da mesa da cozinha. Acho que até bati nas paredes do aquário do *Zarolho*, o que o põe doido, a nadar de um lado para o outro.

Agora acho isso tudo.

Mas naquela altura confesso que não pensei em mais

nada senão no papelinho que trazia dentro do bolso das calças. Estendi-o à minha mãe, sem poder falar, que aquele 2.º andar aumentava de cada vez que a gente o trepava a pé, e minguava se a gente o engolia de elevador. A minha mãe olhou, virou-o de um lado e doutro (coisa que ela faz sempre a todos os papéis, cartas ou postais que recebe) e não pareceu por aí além entusiasmada. Penso que até nem percebeu muito bem do que se tratava. Concordo que a minha caligrafia não era das mais cuidadas, concordo que o sujeito, o predicado e os complementos talvez não estivessem no lugar certo da frase, mas que diabo!, tinha a certeza de qualquer pessoa a poder entender.

Mesmo assim arrisquei:
— Posso ir, mãe? Posso? Posso? Posso? A professora de Trabalhos Manuais vai connosco. Posso, mãe, posso?

A minha mãe sorriu:
— Tontinha que é a minha filha! Quanto mais cresce, menos juízo tem!

Pronto. Estava tudo bem. Enquanto a minha mãe me chamar tontinha, nada de mau me pode acontecer no mundo inteiro. Aquilo queria dizer que sim, era mais que evidente, mas nestas coisas não há como jogar mesmo pelo seguro:
— Posso, mãe? A gente não deve ir a Espanha... pelo menos para já...

A minha mãe sorriu.
— Podes, não havias de poder porquê? Acho até que te vai fazer muito bem. Deviam era ser mais dias. Só um fim-de-semana não dá para nada. Mas mesmo assim vai ser bom para ti. E palavra que dava tudo para te ver a desembaraçares-te sozinha!

E riu, de uma maneira que não achei lá muito simpática. Se há coisa que me aborrece é que duvidem das minhas capacidades de independência. Às vezes até parece que as pessoas pensam que eu tenho a idade da Rosa.

— Vê lá se é preciso ires comigo para me d[a]
berão ou me mudares as fraldinhas!
A minha mãe tornou a rir:
— Para isso não digo, mas para lhe coçar a cabecinha antes de adormecer, para lhe entalar a roupa da cama, ou para lhe arranjar um banho quente à noite com muita espuma, e por aí fora, por aí fora...
Não gosto nada que me lembrem os meus pontos fracos. Cada pessoa tem as suas fraquezas, ora essa. E depois a gente só ia acampar durante um fim-de-semana, bem podia passar sem esses requintes.
— Estava só a brincar!
Disse a minha mãe, ainda a rir. Depois perguntou:
— E quem vai armar as tendas, será que posso saber?
— Nós. Quero dizer, eu e as outras.
— Espero bem que as outras tenham um pouco mais de experiência do que tu, senão ainda vão mas é dormir todas ao relento que é um gosto. De resto, isso, como diz o teu pai, «é que é campismo a valer, a sério, no duro, o resto não passa de conversa fiada».
O meu pai é um adepto fervoroso do campismo. Se pudesse levar com ele o colchão de molas, a casa de banho com banheira, esquentador, águas frias e quentes, o sofá do escritório, a estante dos livros, o telefone e a televisão, acho mesmo que podia perfeitamente ir acampar a Sevilha. Ou até viver sempre num parque de campismo. Assim, não tem outra solução senão gabar as virtudes de tão salutar prática, enterrado no sofá a fazer as palavras cruzadas, e a fumar o seu cachimbo. Pelo sim pelo não (o progresso caminha tão depressa que não tarda a ser possível levar tudo isso para debaixo de uma tenda...) o meu pai é sócio de um clube, tem as quotas em dia, e recebe pelo correio o boletim, que evidentemente nunca lê.
— Também não sou assim tão azelha! Se a gente seguir as instruções, não vai ser nada do outro mundo pôr a tenda de pé.

— Claro que não vai, mas garanto-te que ainda leva o seu tempo. Uma vez uns colegas meus foram acampar para França com tenda emprestada. Era assim uma tenda ultramoderna, insuflável, nem era preciso os tubos de armação nem nada, uma maravilha, diziam. Quando chegaram ao primeiro parque, já era noite, tiraram tudo para fora do carro e só então é que repararam que não tinham levado a bomba de encher. Ninguém tinha nenhuma lá naqueles sítios, as lojas estavam todas fechadas, não tiveram outra solução senão tornar a meter tudo dentro do carro e marchar para um hotel. Levaram o resto dos dias de loja em loja à procura da bomba que não havia em parte nenhuma. Ou eram grandes de mais, ou eram pequenas de mais. E a viagem que era para durar um mês, em França, acabou por durar uma semana só em Espanha, que em hotéis se tinha gasto entretanto o dinheiro todo.

— Não há dúvida que me estás a dar grande força e animação! Está descansada que a tenda da Cláudia é bem antiga, arma-se como todas as outras e não precisa de bomba nenhuma. E ela está mais que habituada a acampar, sabe bem como ela se monta. De resto, até foi dela que partiu a ideia. Ficámos logo todas a berrar de contentes, menos a Susana, claro, que não sabe se a mãe a deixa ir. Estás a ver a Susana toda de caracóis e vestidos finos a andar em tendas de campismo? Acho que ela daria tudo para ir connosco, sujar-se, arranhar as pernas, amolgar os joelhos, sei lá, mas com aquela mãe...

Olho para a minha mãe. Faço-lhe uma festa, e vou para o meu quarto começar a arranjar as coisas que preciso de levar para o acampamento deste fim de ano lectivo. E acho que ela tem razão: vão fazer-me falta as suas mãos a entalar-me, à noite, a roupa da cama. Mas que ninguém sonhe!

Capítulo 4

A professora chamou-nos de parte, já meio mundo tinha entrado para a camioneta.

— Vocês vão as duas no banco ao pé da Maria do Céu e eu queria pedir-lhes um favor. A mãe dela mandou-me um recado a dizer que a Céu tem andado um bocado adoentada, nada de importante, mas enjoa muito quando anda de automóvel e de camioneta. Eu bem sei que daqui a Almornos a viagem não é grande, mas se vocês a animassem, durante o caminho, talvez ela conseguisse não vomitar.

Na camioneta estava já tudo a postos para a partida. Quer dizer: todos encavalitados uns nos outros, o Ricardo a mandar aviõezinhos de papel à cabeça da Margarida, a Sofia a fazer bolinhas com o miolo do pão que ainda

não acabara de comer, disparando-as depois com toda a pontaria que lhe era possível para o cabelo encrespado do Zé Pedro, enquanto a Teresa, mesmo ao lado dela, berrava em voz esganiçada e olho matreito «Josezito, já te tenho dito / que não é bonito / andares-me a enganar».
— Isso é comigo?
Perguntava o Zé Pedro.
— Não. É com o leão do Marquês de Pombal!
Respondia ela, enquanto a Sofia mandava mais uma bolinha para dentro da cabeleira do Zé. A Maria do Céu mal se mexia, para ver, com certeza, se aguentava o caminho sem azar de maior.
Nem a deixámos respirar. Mal a camioneta arrancou começámos logo a animação, lembrada eu da prática adquirida nestes últimos anos com a Rosa, para quem também é preciso inventar milhentos jogos de automóvel para a distrairmos do vómito que, senão, chega inevitável.
— Começamos por adivinhas ou jogos de cabeça?
Pergunto ao ouvido da Cláudia.
— Jogos de cabeça é capaz de não ser bom. Ela põe-se a pensar muito e então é que vem mesmo o enjoo. Não ouviste o que disse a «setôra» há bocado? O que é preciso é animá-la.
Arrisco.
— Céu, diz lá se sabes esta adivinha:

> «À meia-noite
> se ergue o francês
> sabe da hora
> não sabe do mês...»

Logo meio mundo gritava em coro comigo:

> «usa esporas
> não é cavaleiro

> *tem uma serra*
> *não é carpinteiro*
> *cava no chão*
> *não acha dinheiro...»*

— Essa é velha que já tem barbas a chegar ao chão!
E o Zé Pedro começou, lá do banco dele:
— Cócórócó! Cócórócó! Cócórócó!
Não me dei por achada.
— Mas esta é que vocês não sabem: «*Serve para se comer / mas não se come assado / nem cru, nem cozinhado.*»
Sentei-me para trás, no meu lugar, com ar de quem dizia «ora toma»! Não descansei muito tempo em glória, porque logo a voz de Maria do Céu se fez ouvir:
— É o prato.
Senti-me rainha destronada, presidente da República deposto, primeiro-ministro despedido. Mas logo a Cláudia me ajudava (o que era preciso era animar a Maria do Céu!):
— Esta é que ninguém sabe, certeza, certezinha:

> *«Indo eu por aqui abaixo*
> *à procura de freguês*
> *levo em cima quem procuro*
> *levo dentro quem me fez.»*

Ainda mal ela acabara de pronunciar a última palavra, já se ouvia a Maria do Céu:
— É a carta.
— Agora vais ver que não acertas!
Disse o Ricardo. Ajeitou-se no assento, endireitou com a mão direita a gravata que a sua imaginação pendurara ao pescoço, e — «atenção ó gentes, lá vai!» — mandou:

> «*Corro a bom correr*
> *não me pára nada*
> *corro mais pelo mato*
> *do que pela estrada.*»

E todos nós em coro, batendo palmas:
— Não adivinhas! Não adivinhas! Não adivinhas! (Era preciso animar a Maria do Céu!)
Bastou pararmos o coro durante um segundo e já a ouvíamos, imperturbável, no seu lugar ao pé da janela:
— É o fogo.
Foi a vez do Miguel mostrar as habilidades:
— Ouçam só esta:

> «*Digam lá minhas meninas*
> *o que é que isto vem a ser*
> *se me soltam estou perdido*
> *e o meu ofício é prender.*»

Antes de começarmos o coro e as palmas (era preciso animar a Maria do Céu!), logo ela respondeu:
— É o alfinete.
Um de nós ainda teve coragem para recomeçar:
— Esta agora é que tu não sabes mesmo!
— Acho difícil — disse a Maria do Céu, sempre muito direita no seu lugar, a olhar em frente como mandam as boas regras de quem não quer enjoar. — Sempre que a gente vai de camioneta à terra, o meu pai leva o tempo todo a perguntar-me adivinhas, para ver se eu aguento a viagem sem vomitar, por isso acho difícil vocês encontrarem alguma que eu não saiba. Daqui à minha terra são quase quatro horas de viagem, já vêem...
Lá se iam as nossas boas intenções por água abaixo. Mas não podíamos ficar paradas. Era preciso animar a Maria do Céu. Tínhamos de passar ao ataque de outra forma.
— E provérbios? Quem é que sabe mais provérbios?

E logo ela, como máquina em que se tivesse metido moeda de 5$00:
— Trabalha e cria, terás alegria; deitar cedo e cedo erguer, dá saúde e faz crescer; quem boa cama fizer, nela se deitará; a palavras loucas, orelhas moucas; duro com duro não faz bom muro; a galinha da minha vizinha é sempre melhor que a minha; guarda o que não presta, acharás o que é preciso...
Parou, para tomar fôlego e, com ar divertido, perguntou:
— Querem mais?
Também os provérbios não tinham funcionado. Entrei de cabeça num jogo (que diabo, era preciso animar a Maria do Céu!):
— Aqui vai uma barquinha carregadinha de...
— Abrunhos, ananases, amendoins, alperces, abóboras, alhos, alfaces, acelgas...
A Maria do Céu era capaz de continuar na lengalenga até esgotar todas as palavras começadas em «a», tenho a certeza. Nós é que já víamos tudo a andar à roda.
Era como se de repente as adivinhas se misturassem com os provérbios e com os movimentos da camioneta e com a buzina nas curvas, tantas curvas aquela estrada tinha, Santo Ambrósio!, e a galinha da minha vizinha andasse por ali entre as nossas pernas à procura de alfinetes e de cartas que levavam dentro não sei quem, e um francês levantado à meia-noite começasse a perguntar a todas em que mês estávamos, e sempre a buzina em todas as curvas, e...
— «Setôra», peça aí ao senhor que pare a camioneta num instantinho!
Gemeu a Cláudia, e nós todos com ela.
Saímos com a cabeça tonta e o estômago, subitamente, ao pé da boca.
Muito direita, a olhar para a frente, no seu banco, a Maria do Céu continuava:
— ... alfinetes, avelãs, agulhas, alcatruzes, amoras,...
Olhando-nos, sorridente e fresca, pelo vidro da janela.

Capítulo 5

Pela 648.ª vez a Cláudia gritava:
— Vá lá, leiam isso como deve ser senão nunca mais saímos daqui!

«Daqui» era a meia dúzia de metros que nos cabiam em sorte no parque para colocarmos a tenda, e que tinham tantas vezes apanhado com os tubos metálicos em cima, que já começavam a fazer buraquinhos como carreiros de formigas.

— A gente já te leu isto centenas de vezes! Aqui explica tudo, só não explica o que se há-de fazer contra a falta de jeito!

Resmungava a Isabel que, desde que o acampamento ficara combinado na escola, sempre duvidara dos conhecimentos campistas da Cláudia.

E acrescentava, para a irritar ainda mais:
— Afinal, tanta coisa, tanta coisa, e vai-se a ver sabes tanto disto como qualquer de nós!
— O meu pai é que costumava armar a tenda e eu ajudava-o. Parecia-me tão fácil quando olhava para ele a encaixar esta tubaria toda! Mas agora...
— Agora — digo eu — também não há-de ser assim tão difícil, Santo Ambrósio! Este parque está cheio de barracas...
— Barracas é o que a gente está aqui a dar!
Gritou a Isabel, saindo de ao pé de nós para se livrar (por uma unha negra) do tubo de pomada contra as formigas que era o que de mais à mão a Cláudia encontrara para lhe atirar à cabeça. Para animar ainda mais este já assaz brilhante panorama, a Maria do Céu, fresca que nem uma alface (que nunca mais ninguém me falasse em animá-la!) e que ficava com mais duas numa tenda pequena ao lado da nossa, achou por bem vir meter o nariz e fazer a pergunta sacramental:
— Então a tenda ainda não está armada?
A isto chamo eu perguntas oportunas. Como quando entro em casa, depois da escola, e a minha avó Elisa diz sempre, sempre, em 13 anos que eu levo desta vida, «já chegaste?».
Antes que a Cláudia deitasse mão de novo ao tubo da pomada das formigas, respondi:
— Está, claro que está armada. Mas como não tínhamos nada que fazer, decidimos desmanchar tudo outra vez para nos entretermos. Que é que pensas, somos capaz de ficar assim, monta-desmonta, monta-desmonta, o fim-de-semana todo. É divertido que nem imaginas!
— Pronto, pronto, não se irritem, só vinha saber se precisavam de ajuda! Como montámos a nossa tão depressa.
— Pudera! A vossa é uma canadianazita miserável, onde nem sei como vão caber as três deitadas! Esta é um palácio!

— Para meu gosto falta-lhe o salão de baile, os fogões de sala, e os azulejos do século XVIII, mas mesmo assim não está mal, não senhora!
E a Maria do Céu desandou a rir dali para fora. Acalmada a Cláudia, recomeçámos o trabalho.
— Vá, enfia lá esse tubo com jeitinho, como diz aqui no papel. Nada de forças. Muito jeito é que é preciso. Vá... Isso... Roda mais para a direita... Agora mais para a esquerda...
Depois de várias tentativas, depois de várias vezes termos entalado os dedos e gritado então as habituais bonitas palavras que nestas alturas sempre se gritam, a estrutura metálica ficou armada. Só faltava, realmente, o salão de baile, os fogões e os azulejos. Que é como quem diz: só faltava pôr a lona por cima. A lona era azul--escura, muito resistente, e, como vinha nas instruções (que eu já sabia de cor, de trás para a frente e de frente para trás) com tecto duplo para proteger da chuva. Quase inconscientemente olho para o céu. Era só o que faltava se agora viesse uma carga de água. Mas, como os livros de História costumam dizer quando falam dos dias das revoluções (vitoriosas, é óbvio), nem uma nuvem toldava o céu. Respirei um pouco mais aliviada. Ao menos isso, Santo Ambrósio!

Pegámos na lona e atirámo-la por cima dos tubos já todos (finalmente) encaixados uns nos outros. Ou porque a força fosse de mais, ou porque o jeito fosse de menos, a verdade é que de repente, sem a gente ter tempo de perceber o que estava a acontecer, fomos atacadas por um enorme monstro de muitos tubos que se desencaixavam e entrechocavam e batiam nas nossas cabeças e nas nossas pernas, e a gente queria sair dali para fora mas quanto mais esbracejávamos mais a lona se enrodilhava nos nossos braços e à volta do nosso corpo como aqueles polvos gigantescos que a gente vê nos filmes, só que aqui não havia o super-homem, nem a supermulher, nem o super-rato, nem super coisa nenhuma para nos salvar heroicamente, e de repente, agarro-me a uns fios macios e escorregadios, talvez sejam as cordas da janela, uma saída possível, mas já a Cláudia berra «larga-me os cabelos que me arrepelas!» e logo então, para maior complicação, cai-nos também em cima o pano esbranquiçado do duplo tecto (convenhamos que se fosse de estuque tinha sido bem pior), e uma pasta esquisita, com cheiro a petróleo misturado com açúcar queimado, começa a espalhar-se pelos nossos dedos, pelos nossos braços, «ai que lá se vai a minha pomada contra as formigas!» geme a Cláudia, e a gente não sabe se há-de começar a rir ou a chorar, o calor é muito e abafa-se dentro daquilo tudo, até que ouvimos a voz da professora de Trabalhos Manuais dizer, do lado de lá daquela montanha de lonas e tubos:

— Está aqui o Sr. Ernesto que vos vai dar uma ajudinha!

Desgrenhadas, besuntadas, encaloradas, lá saímos debaixo do nosso esplendoroso palácio em ruínas. Foi então que jurei, cá para mim, que o meu primeiro filho havia de se chamar Ernesto.

Capítulo 6

As mãos do Sr. Ernesto pareciam as daqueles ilusionistas quando, de um momento para o outro, fazem saltar coelhos e pombas de dentro de sacos vazios e de cartolas. De vez em quando dava uma risadinha, abanava a cabeça e desabafava sabe-se lá para quem:

— Ai vida, vida! Esquece muito a quem não sabe!

E lá ia martelando, enroscando, dando nós, alisando o chão, pondo algumas pedras para segurar melhor os cantos da tenda. Eu cá só pensava que era mal empregado tanto esforço para desmancharmos aquilo tudo dali a dois dias, mas nem me atrevia a abrir a boca. Era verdade que íamos dormir quatro ou cinco ali dentro, mas se a tenda da Cláudia em vez de ser este palácio fosse uma das tais «canadianazitas» talvez tudo tivesse sido bem mais fácil.

— Pobre e mal agradecida — havia certamente de dizer a minha avó Elisa se aqui estivesse e ouvisse as palavras que eu disse só para mim. Ri-me de pensar nisso. E no que diriam todos lá em casa se me vissem nestes assados. E como iriam os planos da viagem a Espanha. Bom, mas o importante era estar tudo resolvido: não íamos dormir ao relento, e de certeza que, depois da agilidade das mãos do Sr. Ernesto («Ai vida, vida, esquece muito a quem não sabe!»), nem com a maior das tempestades a tenda iria cair.

Já quase à noite chegou a Susana. Cheia de caracóis (devia ter saído há pouco das mãos do cabeleireiro), e com aquele ar triste que ela às vezes tem, um ar de quem gostaria de ser outra pessoa.

Há gente assim. Olha-se para elas e vê-se logo que elas gostariam de estar dentro doutra pele, ver as coisas por outros olhos, mexer nas coisas por outros dedos. Parece que estoiram na pele que é a sua. Ou que mirram dentro dela, o que, no fundo, é quase o mesmo.

Tirou um malão enorme de dentro do carro, «se aquilo vai para dentro da nossa tenda, é menos uma que lá cabe», pensei, mas logo me arrependi porque eu gosto muito da Susana e sei que, por vontade dela, teria vindo connosco logo de manhãzinha, com toda a sua bagagem dentro de um saco ou de uma mochila.

A mãe e o pai saíram de dentro do automóvel e estiveram tempos sem fim a bichanar com a professora de Trabalhos Manuais, olhando em redor com ar vagamente desconfiado. A professora só dizia que sim ou que não com a cabeça, e devia estar a pensar noutras coisas pelo seu ar ligeiramente divertido. Por fim, meteram-se no carro e foram-se embora — não sem terem chamado a Susana de parte, e igualmente bichanado com ela um bom quarto de hora.

A mala da Susana estava já na nossa tenda, ali especada no meio, cheia de autocolantes coloridos de hotéis instalados em lugares que eu só conhecia do atlas.

— Podemos não ter salão de baile nem fogões de sala, mas pelo menos jarrão chinês já há!

Disse, a rir, a Cláudia, apontando para a mala tão despropositada no meio daquele chão coberto de mochilas meio desfeitas, onde os casacos de malha se misturavam com tubos de pasta para os dentes, chocolates, sacos-cama, sandálias, toalhas de banho, embalagens de leite e latas de conservas. A Susana não disse nada. Pegou na mala e arrastou-a até um canto da tenda.

— Pronto, fica aí, de pouco me há-de servir. Trago toneladas de coisas inúteis, e nada do que é preciso.

— Mas não foste tu que a arranjaste?

— Eu? Nem pensar! Ou melhor, tentei ser, mas a cada coisa que eu metia lá dentro a minha mãe dizia «olha que ideia!», e puxava cá para fora. De maneira que acabei por desistir. Mas acho que, tirando a escova de dentes e uma muda de roupa, não vou precisar de nada do que lá vem.

— Isso é que vais!

— De quê?

— Para já, vais precisar do fato de banho e da toalha, que a piscina amanhã de manhãzinha vai saber mesmo bem!

A Susana sorriu e abanou a cabeça.

— Vês? Vês como tenho razão? É claro que isso é exactamente das coisas que eu não trago naquela malorra.

— O quê? Não trazes fato de banho?

— Não. A minha mãe acha que, primeiro: a água das piscinas é uma porcaria e mesmo as que estão desinfectadas nunca estão tão desinfectadas como ela gosta; segundo, fui ontem ao cabeleireiro e estes lindos caracolinhos que tu vês têm que durar até terça-feira que é o dia de anos da minha tia Amélia; e terceiro, a minha mãe tem muito medo que eu prolongue de mais o tempo do banho e apanhe anginas. Pronto, aí tens o romance todo.

Fiquei sem saber o que dizer. A minha vontade foi

disparatar contra aquela louca família dela, emprestar-lhe o meu fato de banho, e dizer-lhe que não fizesse caso de tais ordens. Mas se a Susana parecia aceitar tudo aquilo sem uma queixa, qual era afinal o meu papel?

De repente parecia ouvir a voz da minha avó Elisa naqueles dias em que lhe dá para desfiar as tão nobres qualidades da gente do seu tempo:

— O mundo está todo às avessas! Já os filhos não obedecem aos pais, já não há respeito, já não há nada! É claro que se essa gente não andasse aí por cima a mexer na Lua, nas estrelas e sei lá em que mais, isto não andava assim como anda!

Parecia mesmo ouvi-la. Apesar de tudo o que a minha mãe lhe tenta explicar, apesar das coisas que eu também lhe vou dizendo («meu Deus, se alguma vez a gente falava assim com os nossos pais ou com os nossos avós!») ela não há-de mudar nunca. No fundo até é engraçado. A gente ouve-a, dá-lhe um beijinho, acaba por dizer que sim senhora, este mundo é realmente povoado de monstros sem sentimentos, e cada um vai à sua vida. Segundo ouvi há dias no telejornal, parece que se chama a isto coexistência pacífica.

Capítulo 7

— Mariana!
— Que é?
— Estás acordada?
(Pergunta oportuna. Mais uma. Das tais. «Já chegaste?»: a avó Elisa lá em casa.)
— Não! Estou a dormir, não vês? E tu estás a falar com o fantasma da minha trisavó, que morreu há 142 anos com uma navalha espetada nas costas pelo Assassino das Donzelas Melancólicas!
Resmunguei mais qualquer coisa e tornei a enrolar-me no meu saco-cama. Mas a Susana não desarmava às primeiras.
— Podíamos conversar um bocadinho.
— Conversar? Mas tu queres conversar a uma hora

destas? É assim tão urgente, não pode ficar para amanhã, quer dizer, para daqui a bocado, que isto é quase manhã?
A Susana voltou-se para o outro lado, a cabeça escondida nos braços.
— Agora até parecias a minha mãe. Quando quero falar com ela, pergunta logo se é urgente, se não pode ficar para outra altura.
Nesse momento, confesso que comecei por dar razão à senhora. Ser acordada às três ou quatro da manhã para conversar não era coisa muito do meu agrado, que sempre fui bicho de muito dormir. Mas já que estava acordada, também não fazia mal nenhum tentar dar uma ajuda às insónias da Susana. Sentei-me, esfreguei os olhos. Ela continuava com a cabeça escondida nos braços, sem se mexer. Amaciei a voz.
— Vá, diz lá o que é que tu queres.
Mas a Susana parecia ter perdido subitamente o desejo de conversar. Cheguei a pensar que tivesse finalmente adormecido.
— Se queres conversar, conversa. Eu há bocado estava a brincar, desculpa.
Ouvi um suspiro mais fundo da Susana, e logo a seguir, mas sempre sem tirar a cabeça dos braços:
— Vocês gostam de mim?
— Nós? Nós, quem?
(Santo Ambrósio, as perguntas parvas que a gente faz quando é apanhada desprevenida!)
— Ora quem há-de ser... Vocês. Tu. A Cláudia, a Isabel, a Sofia, a Margarida, a Maria do Céu, os rapazes. A turma toda. Vocês.
— Claro que a gente gosta de ti. Mas o que é que te deu a uma hora destas?
A Susana virou-se finalmente para mim, encolheu os ombros.
— Sei lá. Às vezes penso coisas. Às vezes tenho vergonha.

— Vergonha de quê?
A Susana estava já sentada, as pernas cruzadas sobre o saco-cama de flores verdes e amarelas. Não olhava para mim, e brincava com a pulseira de ouro com o seu nome gravado, que nunca tirava nem sequer para dormir.
— Há bocado, por exemplo, quando cheguei. Tive tanta vergonha. Com aquela gente toda atrás de mim. E esta mala. E tantas recomendações à professora. Vocês todos para aí aos pinotes e eu ali especada a olhar.
— Mas foi muito bom teres vindo. A gente não te esperava.
A Susana sorriu e deu mais uma volta à pulseira.
— É. Eles fazem sempre assim, quando eu quero muito uma coisa. No dia em que cheguei a casa com aquele papel em que se perguntava se a gente podia ir ao acampamento da turma, fizeram logo cara feia. Disparate, onde é que já se viu uma menina vir por aí, sozinha, durante um fim-de-semana. «Mas eu não vou sozinha», disse eu, «vou com mais 20 colegas e uma professora.» «É a mesma coisa», disse a minha mãe. E desatou a contar milhentas histórias horrendas acontecidas a crianças conhecidas de conhecidas de amigas dela, sabes como é. Hoje, ao fim da manhã, com aquele ar condescendente de quem está sempre à espera que alguém lhe beije a mão, chamou-me ao quarto. «A menina quer ir ao tal acampamento?» Aí, confesso, tive vontade nem sei de quê. Mas eu sou muito bem-educada, não é? Sou um poço de boa educação. Nunca levanto a voz, nunca contrario ninguém. Acho que disse apenas que já não podia ser, que vocês já tinham partido todos de manhãzinha, na camioneta, já deviam até ter chegado. Mas ela pareceu não ter ouvido nem uma das palavras que lhe disse. «O seu pai e eu vamos lá levá-la no automóvel, à tardinha, se quiser. E depois vamos lá buscá-la. Mas isto é uma vez sem exemplo. Para a outra já sabe que escusa de pedir, que a essas coisas o seu pai não gosta

que a menina vá.» Ouvi tudo, acho que respirei fundo para ter coragem de abrir a boca e dizer «não vou, não quero ir, vocês não entendem nada de nada, deixem-me em paz». Mas só consegui dizer «está bem». Acho até que ainda agradeci.

Quis animar a Susana, que tinha o choro mesmo à beirinha dos olhos, até na escuridão da tenda se notava.

— Deixa lá. O que importa é estares aqui.
— Mas a alegria está já estragada.
— Não digas isso! Tens ainda o sábado e o domingo inteirinhos para te divertires connosco sem pensares neles!
— Estragaram tudo, Mariana! Eles estragam sempre tudo! Por que o que eu queria mesmo era ter vindo logo de manhã com vocês, rir junto com vocês, aborrecer-me junto com vocês, armar as tendas com vocês, e não ter assim este ar de visita de cerimónia que é recebida por favor, a quem se dá dormida durante dois dias até que a venham buscar para a sua jaula.
— Mas pelo menos agora, enquanto estiveres ao pé de mim, não pensas nos domadores, está bem?

Consegui que a Susana risse.

— Esse é que é o mal. É que estou sempre a pensar neles. Acho que, mil anos que eu viva, nunca me hei-de libertar deles. Mesmo que a jaula se abrisse, esta leoa que aqui vês ficava muito quietinha a um canto, e não fugia. Olha, sabes, às vezes sinto-me assim como aqueles *robots* que a gente vê nos filmes, sozinhos mas sempre comandados a distância...

Uma espécie de grunhido saiu, de repente, de um dos cantos da tenda:

«*Olha o* robot
é prò menino e prà menina
ô ô.»

Era uma voz misturada de bocejos, o ressonar de quem acorda ou se vira na cama, e logo a seguir:

— Vocês não têm outra hora para falarem de *robots*, não? E se nos deixassem dormir que ainda a noite é uma menina!

Esperámos uns segundos, muito caladas. A Cláudia não tornou a protestar, devia ter engolido o seu *rock* de estimação e voltado a adormecer. E a Isabel nem se tinha mexido no saco. *Robots* não eram exactamente o seu forte.

— É melhor a gente continuar a conversa amanhã, está bem?

Disse eu, baixinho, por causa das outras.

A Susana voltou a deitar-se, de novo com a cabeça enfiada nos braços. Mas eu sabia que ela não dormia.

— Mariana!
— Que é?
— Não contes nada disto a mais ninguém, não? A nenhuma delas.

As palavras tinham custado a sair. A gente tem sempre dificuldade em pedir segredo de qualquer coisa que se acaba de contar. Cheguei a ter medo que ela estivesse arrependida de tudo o que me tinha dito. Às vezes acontece. E eu não queria. Porque gostava muito da Susana e queria que ela o soubesse. Mas como dizer a uma pessoa que se gosta dela? Parece tão fácil, e no entanto as palavras ficam sempre entaladas na garganta, e a gente acaba sempre por não dizer nada. Se há coisa que eu nunca entendi é porque é tão simples dizer «não gosto de ti» e tão difícil dizer «gosto de ti». No fundo é só questão de uma palavra, uma simples palavrinha de três letras que se põe ou se tira.

— Susana!
— Que é?
— Diz à leoa que estenda uma das patas através das grades da jaula.

Adormecemos de mãos dadas.

Capítulo 8

Ia precisamente a lançar-me no meu 793.º mergulho (quem tiver muita dificuldade em ler este número assim escrito, pode ler «mergulho n.º 793» que eu não me importo) quando me lembrei da Susana, ali vestida dos pés à cabeça, sem poder experimentar as delícias daquela piscina tão azulinha. Eu trazia outro fato de banho na mochila, podia emprestar-lho. Mas:
— e se os caracóis se estragassem?
— e se ela tivesse mesmo anginas?
— e se ela apanhasse um tifo?
— e se ela morresse afogada?
Tudo seria então por culpa minha. De resto, ela havia de saber o que fazer. Não podiam ser sempre os outros a decidir por ela. Bem bastava lá em casa. Estendi-me na

toalha, ao sol. Gostava de estar assim, sem fazer nada, a apanhar o calor do sol no corpo, e a pensar em coisas. Coisas que apareciam e desapareciam na minha cabeça. Como de manhã, quando acordava.
— Não entendo por que é que esta rapariga põe o despertador para tão cedo!
Costuma dizer a minha mãe, todas as manhãs. Já lhe expliquei, mas acho que ela não entendeu muito bem. Por muito inteligentes que sejam as nossas mães, também não podemos exigir que entendam logo à primeira aquilo que a gente lhes explica.
— Preciso de meia hora de repouso antes de me levantar, mãe!
— De repouso? Mas o que estiveste tu a fazer durante a noite toda? A dançar a valsa?
— Durante a noite estive a dormir, nesta meia hora estou a repousar, são coisas muito diferentes.
Diferentes assim: acordar e ficar quieta, dentro da cama, a pensar em pessoas, em coisas, em lugares, a inventar histórias, a pensar no que aconteceria se, a imaginar-me pessoa importante a sair de casa de óculos escuros para não ser reconhecida pelos milhares de admiradores sempre à minha porta, «D. Mariana, um autógrafo!», «Excelência, um sorriso para a câmara!», coisas assim. Só depois disso acordo a sério. É claro que a essa hora já a Rosa está mais que acordada, preocupadíssima em vestir as suas muitas filhas, ou a desenhar mais umas flores matinais na sua parede. Confidência por confidência, se a Susana estivesse agora aqui ao meu lado havia de lhe dizer: «Tenho umas saudades da minha irmã que parece que não a vejo há meses! Mas não digas nada às outras!» Saudades da Rita, também, amiga como se irmã fosse.
Começo a sentir um leve formigueiro pelas pernas e pelos braços. O sol bate-me nas pálpebras fechadas e através delas parece-me ver dançar todas as cores do

arco-íris à volta dos meus olhos. Começo a sentir uma moleza a espalhar-se pelo corpo e tenho medo de adormecer ao sol. Li um dia numa revista que isso é muito perigoso. Levanto-me de um salto e digo para a Cláudia e para o Zé Pedro, estendidos ao meu lado:
— Quem é que quer vir comigo à procura de espiões?
Começam a rir e deixam-se ficar no mesmo lugar.
— Querem ou não querem? Se não querem, vou eu sozinha e não se fala mais nisso. Mas depois não se queixem se não apanharem medalhas de ouro pelos serviços relevantes prestados à pátria!
O Zé Pedro tocou com o indicador na testa e disse:
— Foi do sol, com certeza. Chamem aí o 115!
Mas eu já ia embalada a todo o gás:
— Qual 115, qual 116! Estou a falar verdade! Isto está tudo cheio — cheio? Que digo eu! Superlotado, infestado! — de espiões. Basta ver a cara deles. Olha, aquele tipo ali a ler o jornal? Está visto que é espião porque, regra n.º 1: todos os espiões se escondem por detrás de jornais. Aquele acolá a dar o nó no sapato? Está visto que é espião porque, regra n.º 2: todos os espiões se curvam sempre para apertarem os sapatos e melhor ouvirem o que dizem quem por eles passa. Aquela senhora ali, a tentar enganar-nos com o seu ar de dona de casa a limpar as pedras aos cantos da tenda? Está mais que visto que é espia, porque, regra n.º 3: todos os espiões (e espias, é claro) sabem que o melhor sítio para esconder mensagens secretas é precisamente entre as pedras. Como vêem, meus senhores e minhas senhoras, só assim à vista desarmada já se notam três. Imaginem a quantidade que não deve haver neste parque todo! E sabemos lá a soldo de que potências estarão!

Entretanto, pelo meio de todo o meu discurso, e apesar dos olhos ainda estarem meio piscos do sol, dou pela Isabel muito atarefada à procura de qualquer coisa dentro da tenda. Procuro fazer-me desentendida e conti-

nuo a entusiasmar a multidão, vinda de todos os cantos para me aplaudir, obrigada, obrigada!
— Sim, hoje em dia devemos estar sempre atentos ao que se passa à nossa volta! O inimigo espreita-nos! Não sei onde, mas espreita!
— Deve ser ali pela racha do muro — bichanou o Miguel ao ouvido do Zé Pedro, mas não tão baixinho que eu não o ouvisse.
Mas como os grandes oradores são imunes aos apartes dos pobres mortais, deitei-lhes apenas aquele ar de superioridade que tinha aprendido com todos os primeiros-ministros que têm passado pelo telejornal, e continuei:
— Já lá perguntava, e muito bem, a Leopoldina, criada da minha madrinha, quando passava pelo quartel-general e olhava as guaritas sem soldados: «Minha senhora, minha senhora! E se o inimigo atacasse agora?!»
Uma gargalhada da multidão fez-me travar. Ao meu lado a Teresa, que tem muito tento na língua, reprovou-me baixinho:
— Não é criada que se diz, é empregada doméstica!
O meu furor foi ao rubro. Não há nada que mais me irrite do que sentir ao vivo a estupidez dos mortais.
— Qual empregada doméstica, qual carapuça! A Leopoldina trabalhava de manhã à noite, não tinha domingos nem feriados, ganhava uma miséria, não descontava para a caixa, nunca teve férias — queres mais criada do que isto?
A Isabel tinha já saído da tenda com um grande cartão debaixo do braço e ar bastante comprometido, olhando em volta.
Comecei a notar que entre a multidão havia já quem dispersasse e se preparasse para deixar de me ouvir e optar por mais um mergulho na piscina. Não podia ser. A segurança do mundo ocidental, quero dizer, de Almornos, estava em jogo. Como nesta história de comícios há sempre um arzinho de *rock* para animar, ainda pensei socorrer-me da Cláudia.

— Manda lá uma cantiga, anda!
Ela não se fez rogada e saltou logo para o meu lado:

*«Olha o robot
é prò menino
e prà menina
ô ô.»*

Foi o desastre. A multidão mandou às urtigas a segurança do mundo ocidental, quero dizer, de Almornos, e desatou cada um a berrar para seu lado o que muito bem (ou muito mal) lhe vinha à cabeça.
— É prò menino e prà menina, cada cor seu paladar!
— Há fruta ó chicolate!
— Vai um tirinho, ó freguês?
— Ó louro, dá cá o pé!
— Chico Fininho! U U!
Até que veio o Sr. Ernesto perguntar se por acaso não teria caído alguma tenda e não estivéssemos todos a precisar, mais uma vez, da sua ajuda.
Assim acabou a rebelião de Almornos.

Capítulo 9

Depois de duas voltas completas ao parque (o Zé Pedro já dizia que a gente parecia um toureiro às voltas ao Campo Pequeno para chamar a atenção dos empresários), tínhamos o inventário completo.

A saber:
— 11 espiões em fato de banho escondidos por detrás da *Bola*;
— 3 espiões com súbitos problemas nos atacadores dos ténis;
— 7 espiões a dizer «aquilo do Alves é mesmo lesão ou é fita do tipo para não jogar?», o que obviamente se notava ser mensagem em código;
— 8 espias disfarçando bilhetinhos secretos entre as molas com que penduravam a roupa na corda;

— 4 espias às voltas com o rádio de pilhas, decerto tentando comunicar com o exterior;
— 18 espiões de barbas (um dos disfarces mais característicos);
— 5 espiões de bigode (idem);
— 10 espiões de óculos escuros (aspas).
Isto para não falarmos do Sr. Ernesto, dando uma ajudinha aqui e ali, arrematando sempre as conversas com «ai vida, vida, esquece muito a quem não sabe», o que provava à saciedade tratar-se de agente duplo.

A Susana acabara por entrar também na brincadeira. Os seus caracóis sacudiam todos de cada vez que ela ria, ou seja, de cada vez que algum de nós descobria mais algum espião, todos geralmente estendidos em cadeiras de lona ou à beira da piscina.

— Estou cá com uma pena das espias, que vocês nem imaginam!

Disse ela, apontando para uma ruazinha toda cheia de tendas muito floridas e bem arranjadas.

— Olhem para aquilo. Passam o tempo todo a coser a roupa, a lavar a louça, a arrumar a tenda, a pôr água nas plantas, a varrer o chão, a fazer a comida — mas afinal que descanso é o delas? É como se estivessem a espiar em casa!

O Miguel começou a rir. O Miguel começava sempre por rir muito antes de contar alguma coisa engraçada. Ria, ria, ria até às lágrimas, de tal maneira que às vezes a gente também começava a rir sem saber ainda que coisa assim tão divertida ia sair da boca dele. Depois de muito rir lá vieram as palavras:

— O meu pai contou-me que uma vez, já há muitos anos, num acampamento no Algarve, apareceu um casal (dois espiões, é verdade!, já me esquecia) todo muito bem aperaltado, com uma caravana que mandava ventarolas, que trazia com eles criada fardada e de crista na cabeça! Acho que durante todos os dias que durou o acampamento nunca a pobre se conseguiu desfardar para apanhar um pinguinho de sol que fosse. E ali a trabalhar no duro como se estivesse em casa. E eles sempre: «Ó Clotilde ponha a mesa! Ó Clotilde olhe o almoço! Ó Clotilde vá buscar água!» E à hora das refeições, lá vinha a pobre Clotilde de crista na cabeça que até parecia mascarada!

— Uma coisa te garanto — disse o Zé Pedro — a darem tanto nas vistas não eram espiões de certeza!

— Isso é que a gente nunca sabe! Não viste aquele filme na televisão em que o criminoso era o próprio polícia? A gente nunca pode estar descansado!

Eu ouvia aquilo tudo e, bem cá para mim, ria mais que o Miguel. Ao princípio todos me tinham chamado maluquinha («depressa o 115 para ela!») e agora todos estavam de tal modo entranhados no jogo que já se viam exímios caçadores de espiões num mundo superpovoado deles.

— Por acaso, aqui onde me vêem, eu é que já fui mesmo espia a sério!

Disse então, num fiozinho de voz, a Sofia. A Sofia raramente falava de si. Virámo-nos todos para ela. Ao mesmo tempo. Até parecíamos aqueles estrangeiros nas camionetas de turismo, virando a cabeça sempre ao mesmo tempo para a direita e sempre ao mesmo tempo para a esquerda, conforme as indicações da guia.

— Tu?

— Eu, sim. Ou se não foi espia foi assim uma coisa parecida com isso. Há muitos anos.

— E eu fui rei do Burundi! — O Miguel, rindo.

— E eu presidente da República de Surinão! — a Teresa.

— E eu ontem eleita *Miss* Almornos! — a Cláudia.

A Sofia estava quase a amuar. Parecia a Rosa quando faz beicinho. Ou a Rita, quando chove.

— Vocês não acreditam mas é verdade! Foi para aí há

uns 12 anos ou coisa assim. A minha mãe é que costuma contar. Ela e o meu pai tinham que ir entregar uns papéis importantes e uns jornais a casa de umas pessoas, e estavam com medo que a polícia os apanhasse.

— A polícia? — admirou-se o João, que até ali não abrira boca.

— Claro, isto foi muito antes do 25 de Abril, seu burro!

— Pronto, pronto, não é preciso ofender!

Mas a Sofia já continuava.

— A polícia já uma vez lhes tinha mandado parar o carro para o revistar, de maneira que não podiam arriscar-se a ir nele. Mas como também já lá tinham ido a casa fazer uma busca de manhãzinha, não podiam lá ter esses papéis e os jornais por muito mais tempo. Então, não tiveram outra solução: meteram aquilo tudo debaixo do colchão do meu carrinho de bebé, puseram-me a mim por cima, e lá foram comigo rua fora, como se me levassem calmamente a passear até casa de amigos. A mãe conta que eu ia muito divertida, que palrei e cantei pelo caminho todo. Eu, que costumava adormecer assim que saía à rua no carrinho, naquela manhã fui o tempo todo acordada. O caminho tinha muitas pedras, diz a minha mãe, e o carrinho às vezes dava alguns solavancos. Mas eu fui e vim sempre bem-disposta.

— Grande espia, sim senhora, deu-te cedo a vocação! — exclamou a Cláudia.

Estalou a risada. A Sofia estava feliz. Já tinha contado a sua aventura. Não sei porquê, tenho cá uma sensação de que todos teriam acreditado mais depressa na louca história de aquele parque estar infestado de espiões do que na história da Sofia. Porque, na maior parte dos casos, acreditar na verdade é bem mais difícil do que acreditar no fingido.

Capítulo 10

Mais duas voltas ao parque e os espiões ficaram todos descobertos. De humor variável, a Susana estava outra vez com ar de quem quer mudar de pele. Os domadores deviam andar de chicote por dentro da sua cabeça. «Susana, faça uma vénia ao respeitável público!», «Susana, uma voltinha só nas patas traseiras!», «Susana, agora só nas patas da frente!», «Susana, levante-se!», «Susana, deite-se!».

Susana, leoazinha domesticada ao canto da jaula, mais bem mandada do que a Rosa quando diz «a República», sem direito a sujar-se, sem direito a aprender as coisas por si própria, sem direito a ser como nós todas, a partir a cabeça, a arranhar os joelhos, a ter birras e amuos, nem que sejam de um quarto de hora como os da minha mãe.

Dou por mim a rir sozinha. Acho que é a isto que a mãe da Rita chama «uma criança muito bem-educada». E não posso deixar de pensar no que aconteceria se os filhos também falassem dos pais como bem ou mal--educados. Estou aqui a ouvir o que diria a Susana: «Tenho os pais mais bem-educados do mundo. Nunca levantam a voz, batem-me às vezes mas é claro que é para meu bem, dão-me vestidos novos todos os meses, levam-me ao cabeleireiro uma vez por semana, escolhem por mim os amigos, os livros, as horas da refeição e de deitar, ensinam-me as palavras certas e tiram do meu vocabulário as outras todas para eu nunca ser tentada a usá-las, convidam dezenas de pessoas importantes para o dia dos meus anos, mesmo que eu não as conheça, mas eles é que sabem por que é que elas são importantes e o que fazem em nossa casa olhando-me, dando-me parabéns e prendas caras, encharcando-me a cara de beijos cuspidos por amabilidade, que a amizade ficou lá fora no bengaleiro, pendurada com os abafos, as carteiras, os chapéus.»
— Estás muito pensativa! — disse a Susana, sentando-se ao meu lado.
— Tu também não pareces lá muito eufórica! — digo eu, que coloco a «euforia» e seus derivados entre as minhas palavras preferidas. Verdade se diga que «eufórica» já não é tão bonita, rima com «fantasmagórica», que não é lá grande coisa, mas adiante.
— Não, estás enganada. Até me sinto muito bem. Só tenho é pena de isto estar a acabar. Um fim-de-semana é bem pouco tempo.
— Melhor que nada.
A Susana sacudiu a cabeça (ai os caracóis, Santo Ambrósio!) e deu uma risadinha:
— A facilidade com que tu te contentas com as coisas que tens! Eu cá estou sempre a querer mais do que tenho. Pelo menos é o que diz o meu pai e por isso me castiga.

— Não é nada disso! — refilo eu. — Há muitas coisas com que eu não me contento. Olha, se tivesse que obedecer assim a ordens como as que te dão, de certeza que não ficava tão quietinha como tu, não!
— E que queres tu que eu faça? Que grite, que esperneie, que não almoce nem jante?
— Ora. Há muitas maneiras de fazer as pessoas entenderem o que a gente quer. Fala com eles. Para que é que tens boca?
Uma gargalhada da Susana:
— Falar com eles? Tens cada uma! Há sempre coisas muito mais importantes do que eu, e eles têm o tempo todo tomado. Acho que a única vez que eu consegui falar a sério com a minha mãe foi no dia em que fiz a prova de avaliação da 4.ª classe. E ainda agora não sei como consegui coragem para isso.
— E que coisa difícil tinhas tu para lhe dizeres?
— Que não queria mais explicadores. Mais nenhum. Que estava farta deles. Até aqui. Que me apetecia matá-los a todos.
Rimos as duas, com a ideia dos não sei quantos explicadores da Susana alinhadinhos junto de uma parede à espera do pelotão de fuzilamento, pum! pum!
— Tu sabes lá o que é a gente não ter um minuto livre desde que chega da escola! Vinha um e era uma hora de ditados e de textos para ver se eu melhorava a caligrafia que aquilo era uma vergonha. Logo a seguir vinha outro e era mais outra hora de tabuada e contas, na lengalenga do cinco-vezes-um-cinco, cinco-vezes-dois-dez e por aí fora, «porque (dizia ele) eu ainda sou dos que acreditam nos métodos antigos de ensinar aritmética e não me venham para cá com modernices». E vinha mais outro e eram os animais e os montes e as criptogâmicas e as fanerogâmicas, coisa que a gente na aula nunca deu «mas saber mais do que é preciso nunca fez mal a ninguém», dizia ele. E mais as aulas de *ballet*, e mais as lições de piano com

a D. Joaquina que adormecia a meio dos exercícios, e mais as aulas de Inglês, que a minha mãe era de opinião que eu não devia ir para o ciclo sem saber já mais do que os outros. Sabes lá o que é passar os dias sempre a olhar para o relógio, sempre à espera que a campainha da porta batesse e eles chegassem.
— Mas não chegaste a matá-los, pois não?
A Susana riu, agora a começar a entrar de verdade na pele que era sua e nela a sentir-se bem.
— A minha mãe teve uma grande conversa com o meu pai no escritório (que eles nunca falam de coisas importantes à minha frente, à minha frente só discutem...) e depois lá me veio dizer que tinham decidido que eu ficasse só com o professor de Inglês e as aulas de *ballet* e de piano. Bem preferia ir para a natação em vez de ir para o *ballet*, mas estás a ver a minha mãe quando pensa em piscinas, credo, t'arrenego, abrenúncio! Mesmo assim já me sinto bem mais livre, podes crer!
O Sol tinha quase desaparecido. E nós as duas ali, a querermos aproveitar todos os minutos, todos os segundos de qualquer coisa que talvez não voltasse a acontecer tão cedo. Porque não era só o acampamento, a brincadeira, as férias a chegar, as tolices boas que se gritam na correria, a piscina, os gelados, o sol, os espiões.
Era estarmos ali as duas juntas. Com palavras que talvez não dissessemos a mais ninguém, vindas cá de dentro, muito cá de dentro, donde a gente nem sequer sonha que existam palavras.
Era sermos amigas, assim, tanto.
Era a estranha sensação de quase nos ouvirmos, uma à outra, a crescer.

Capítulo 11

A professora tinha dito: de manhãzinha quero tudo a postos para a partida.

De manhãzinha. Sorrio a pensar no meu pai, e espero com toda a força do meu pequenino coração que ninguém me vá arrancar do saco-cama às quatro da manhã para nos metermos dentro da camioneta, desta vez — ó gentes, vos juro! — sem a obrigação de animar a Maria do Céu!

Aproveito para dar mais uma voltinha antes de chegar à tenda e fazer as minhas arrumações. Como sempre a Isabel continuava muito atarefada em qualquer espinhosa missão que nenhuma de nós, olhando para ela, ainda tinha sido capaz de deslindar. Entrava e saía, tirava um livro da mala, voltava a pôr o livro na mala, desaparecia por longos momentos. A gente olhava, sorria, e achava que o melhor era deixá-la sossegada. A Isabel às vezes tinha destas coisas.

Tínhamos nós acabado de meter tudo (aquele nosso pouco que se chamava tudo) nas mochilas, tinha a Susana já remexido a mala de alto a baixo para dar impressão de ter usado aquelas coisas todas, quando chega a Isabel, finalmente de obra concluída: um enorme cartaz de cartão com letras garrafais desenhadas com feltros de várias cores. Era assim uma coisa bem folclórica, palavra que era, e por meio de alfinetes, cordas e cordinhas, lá o pendurou à entrada da nossa tenda.

Com ar feliz sentou-se ao nosso lado.

— Pronto, já está.

O quê, a gente não fazia ideia nenhuma. Sabíamos apenas que, o que quer que fosse, pronto, já estava. A Cláudia, a preparar-se para se enfiar no saco-cama, desatou a rir:

— Agora que a gente se vai embora é que te deu para embelezar o palácio? Será, por exemplo, algum daqueles dizeres de azulejo de fino gosto, «bem-vindo seja quem vier por bem», «semeia e cria, terás alegria» ou qualquer outro assim no género?

A Isabel pareceu ofendida. Ela com tanto trabalhinho para aquilo. Encolheu os ombros.

— Vai lá fora ver.

— Era o que faltava! Vou é já para a minha rica caminha que amanhã a alvorada promete ser cedo.

— Eu vou lá ver — disse a Susana, para não desanimar a Isabel, que já se considerava a pessoa mais infeliz do mundo e de Almornos. Mas logo voltou, caracóis a abanar.

— Desculpa lá mas não percebo nada.

Aí a minha curiosidade aguçou-se. Dei um pulo até fora da tenda. Um grande cartaz, à porta, dizia:

> ESPIÕES, GO HOME

(mirrored/reversed text)

A Isabel tinha vindo comigo, feliz com a sua obra.
E repetia:
— Pronto, já está.
Assim como alguém que tivesse livrado o mundo de alguma catástrofe iminente. Não me contive:
— Mas pronto já está o quê?
— Então não vês o que aí está escrito? É um aviso. Assim como às vezes se vê no cinema...
(A Isabel via filmes de mais, televisão de mais.)
— ... eles assim olham para aqui, e percebem que a gente já os topou. Deste lado é para os que sabem ler a sua língua própria; para os que não souberem, volta-se o cartaz do outro lado.
Ficava:

> ESPIÕES, GO HOME

A Isabel continuava, feliz:
— Foi num filme que eu vi. Ou na televisão, não me lembro. Acho que era qualquer coisa contra os americanos ou contra os ingleses, não sei bem, e o meu pai disse-me que aquilo era assim uma espécie de fórmula mágica contra o mau-olhado. Acho mesmo que é a tradução deles para «vai daqui para fora!», «t'arrenego Satanás», e outras coisas assim que a minha avó costuma dizer quando alguma coisa lhe corre mal. Achei que ficava lindo ali fora da nossa tenda.

Realmente a imaginação da Isabel não tinha limites. Aquilo até parecia daquelas histórias que a Rosa costuma inventar, que fazem o Sr. Guerreiro, nosso vizinho, abanar a cabeça e dizer «há-de ir longe esta criança!». Por aquele caminho, a Isabel também devia ir longe, devia.
— Mas por que razão puseste tu aquilo tudo ao contrário?
— Oh ignorância abençoada! Em que terra vives tu? Pois não sabes que os espiões falam uns com os outros sempre em código? Ora é com as letras de trás para a frente, ora é juntando metades de palavras diferentes, ora é metendo sílabas estranhas pelo meio da frase...

Não resisto e dou uma gargalhada que deve ter acordado tudo quanto era espião naqueles lugares mais próximos.
— Quete tonpontapa tupu mepe saíspis tepe!
— Quê?
Os olhos espantados da Isabel.
— Queton tatu mesai ste!
— Cada vez percebo menos!
— Etsías em ut atnot euq!

A Isabel ia mesmo para começar mais um amuo que eu bem o vi mesmo ali a rebentar-lhe da veia da testa que começa logo a inchar e a ficar azul-escura.
— Estás a desconversar.
— Não estou nada! Estou a falar essas línguas todas que tu dizes que os espiões falam! Traduzindo para português — que é a que tu falas — aqui fica o recado: que tonta tu me saíste!

Íamos finalmente entrar na tenda quando ouvimos a voz do Sr. Ernesto:
— As meninas querem uma ajudinha amanhã para desfazer esta coisa?

Esta coisa era evidentemente o belo palácio de lona azul da Cláudia, nossa mansão por aquele fim-de-semana.

Antes de esperar pela nossa resposta, continuou:
— As meninas com tanto trabalho a alindar isto, para já levantarem ferro amanhã de manhã!
E apontando para o cartaz:
— Essa coisa ali em estrangeiro que é que quer dizer?
Olhámos uma para a outra. Pelos vistos o Sr. Ernesto não sabia ler espião. Nem de trás para a frente, nem de frente para trás. Ou então disfarçava muito bem. Devia ser isso.
— É uma espécie de saudação para os outros campistas — disse eu, meio encabulada. A Isabel metia-me em cada uma.
— Ah! A menina levou um tempão a fazer isso, que eu às vezes via-a. Pena ficar pronto mesmo no dia em que se vão embora. Isso faz-me lembrar...
Deu uma risadinha:
— Uma vez engracei com uma rapariga lá na minha terra. E então pensei em escrever-lhe uma carta. Fui lá à venda para comprar papel e envelope e caneta e selo e o mais que era preciso. Mas levei tanto tempo a escolher isso tudo (porque uns vinham e diziam que era melhor papel todo branco, porque depois vinham outros e diziam que o que se usava na cidade era papel creme, e ainda vinham outros que diziam que papel com desenhos de flores é que era fino), e depois levei tanto tempo em casa a pensar no que havia de lhe dizer, nas palavras que havia de escrever, e depois levei tanto tempo a pensar se havia ou não havia de pôr a carta no correio — que olhe...
Deu um estalinho com os dedos, e calou-se.
— O que é que aconteceu? — perguntámos.
Tornou à sua risadinha habitual.
— Quando me decidi finalmente a pôr a carta no correio já ela namorava outro! É assim como este cartaz. Quando fica pronto, já não serve para nada. Se tivesse chegado um dia antes...

— Que é que acontecia?
— Nada. Foi o que a tal rapariga me disse, no dia em que recebeu a minha carta.
De dentro da tenda as vozes da Cláudia e da Susana:
— Mas vocês vão ficar de vigia a noite toda?
Momentos depois estávamos já todas enroladas nos nossos sacos-cama. Antes de adormecer pareceu-me ouvir os passos de algum espião que vinha tirar o cartaz da nossa tenda e uma voz de rapariga dizendo, muito ao longe, «se tivesse chegado um dia antes».

Capítulo 12

A Rosa veio a correr agarrar-se às minhas pernas com uma urgência louca de me contar o que tinha acontecido:
— O lobo comeu todos, todos, todos!
Desembaracei-me da mochila o melhor que pude, deixei escorregar a asa do saco-cama que trazia enfiada no pulso, atirei para um canto a toalha de banho que, por mais esforços que eu tivesse feito, não coubera dentro da mochila, e caí no sofá da sala. Estava em casa!
— E depois eles disseram, põe a patinha por baixo da porta, e estava toda cheia de farinha.
A Rosa já tinha embalado a todo o gás, não havia quem a parasse.
— Onde está a mãe? — pergunto.
— A mãe foi ao bosque.

— Ao bosque? Qual bosque?
— Foi à procura dos outros cabritinhos, porque ela não sabe que está um no relógio, e vai pôr muitas pedras na barriga dele, e é bem feita.
— Dele, quem?
— Do lobo. O lobo comeu todos, todos, todos!

Esta devia ser a última história que a minha avó Elisa lhe contou, com certeza.

— Onde está a mãe? — pergunto à minha avó.
— Foi a casa da Rita, acho que não demora. A gente não pensava que tu vinhas tão cedo. Devem ter saído de lá de madrugada, com certeza.
— Não foi tão cedinho como o pai gosta, mas despachámos a desmontagem daquilo num rápido.

Num instantinho, penso. Num instantinho aqui tomado quase com todo o seu rigor de palavra.

Começo a contar todas as nossas aventuras à minha avó, que pelo meio ia desfiando também o boletim de notícias lá de casa e arredores. Os rapazes do 3.º frente tinham despejado um tinteiro de tinta azul em cima da roupa estendida na corda da nossa janela. O 38 tinha mudado de trajecto e já não parava à nossa porta. O supermercado estava em greve. O *Zarolho* parecia adoentado, com umas pintas esbranquiçadas pelo corpo. Ia começar novo folhetim na rádio. O Sr. Guerreiro consertara o esquentador avariado. Era como se um fim-de-semana se tivesse transformado, de repente, em meses, e meses de separação, e tudo se tivesse conjugado para acontecer durante esse tempo. Estava mesmo à espera que a uma qualquer altura da conversa a minha avó interrompesse as notícias, olhasse para mim e exclamasse: «Como tu cresceste nestes dias!»

Mas a minha avó, terminado o relatório, deu meia volta e ficou toda ocupada a tirar o fio do feijão-verde, primeiro de um lado, depois do outro, parti-lo ao meio, tudo como mandam os bons livros de culinária, acho eu.

. Entretanto a Rosa cantava uma daquelas cantigas do seu vastíssimo reportório, que podiam durar horas se ela estivesse para aí calhada, fazendo voz fininha de cada vez que o cabritinho entrava na história.
— A gente sempre vai a Espanha, avó?
— A Rosa vai. A Rosa quer ir. A Rosa já sabe o espanhol todo. Há lá muitos bosques com muitos lobos!
A minha avó acabou de meter o feijão-verde para dentro da panela de água a ferver, encolheu os ombros e não pareceu muito certa.
— O teu pai diz...
— ... que desta vez é que não falha, eu sei, estou farta de o ouvir. Mas qualquer dia têm eles as férias no fim e ainda cá estamos dentro de casa a pensar se vamos ou não.
— Queres um conselho? Vai-te habituando à ideia de que já tiveste as tuas férias neste fim-de-semana, e não contes muito com viagens, que os tempos não vão para isso. Nem os tempos, nem as pessoas, nem nada. Parece que anda tudo doido neste mundo.
Decididamente a minha avó estava em dia-não. Se ali continuasse a conversar com ela não tardariam a vir à baila os astronautas e todos os horrores que por causa deles se fazem por cima das nossas inocentes cabeças.
Vou até ao meu quarto, abro a janela debruçada para esta paisagem de detritos, pedras e pó que se levanta à mínima aragem e por onde já não passa o 38. Não vejo ninguém nas outras janelas. Separadas por paredes e portas, devem todos estar a ter, a esta mesma hora, os mesmos gestos, quem sabe se as mesmas palavras e os mesmos desejos. Separados por paredes e por portas, quantas pessoas não estarão, neste mesmo momento, desistindo de sonhos — chamem-se eles Espanha, mar, ou simplesmente descanso — porque os tempos não vão para isso. Nem sequer para sonhos.
Gostava que a minha mãe já cá estivesse. Coisa

estranha ir assim para casa da Rita logo de manhã, sabendo que eu chegava hoje. De resto, para falar verdade, não me parecia que a casa da Rita (que é como quem diz, a mãe da Rita, que a casa, coitada, não tem culpa nenhuma) fosse assim o lugar onde mais me apetecesse passar a minha primeira manhã de férias. Mas as mães são bichos estranhos, e embora eu sinta que compreendo a minha muito bem, ainda há um pormenor ou outro que me escapa. Às vezes penso que os meus pais hão-de ser muito felizes por terem uma filha que os compreende tão bem e lhes faz todas as vontades.

Ouço a voz da minha mãe a chamar-me da praceta. A Rita vem com ela e diz-me adeus. Corro pela escada ao seu encontro enquanto, no patamar, a Rosa avisa o Mundo:

— Mostra a tua patinha! Porque pode ser o lobo e ele come todos, todos, todos!

Capítulo 13

Olhava-se para ela e via-se: as coisas não iam bem. Que coisas, eu não sabia ao certo. Mas coisas importantes, com certeza, que a Rita não era pessoa para grandes ataques de tristeza. Nem mesmo quando os pais se zangavam com ela. «Já estou habituada, tanto se me dá, como se deu», costumava ela dizer então, mesmo que eu soubesse que, lá no fundo, não era tanto assim. Mas mesmo nessas alturas a Rita tentava disfarçar e ria. Fechava as mãos com força e abria muito os olhos — o seu truque de resistir ao choro.

Agora não ria. Nem com as cantigas da Rosa que conseguem pôr à gargalhada o mais sisudo, incluindo o Sr. Guerreiro: «esta criança há-de ir longe, sim senhora». Encaixara-se no meio das almofadas da minha cama,

segurando na *Zica*, e nem sequer quis saber como tinha corrido o acampamento.
— Que é que tu tens?
— Nada.
— Nada não, que eu não sou cega. Tenho até muito bons olhos.
— São para te ver melhor, minha neta!
— Não sejas parva!
— Pronto, pronto, se não me queres cá, já podias ter dito. Adeuzinho, até qualquer dia!
— Não é nada disso. Fica aí o tempo que quiseres. E se não quiseres dizer nada, não digas. Só queria ajudar.
— Claro, claro. Toda a gente quer sempre ajudar. Até eles se querem ajudar um ao outro. Acho mesmo que nunca tanta gente se quis ajudar ao mesmo tempo como agora!

A coisa estava mesmo feia, embora eu continuasse sem entender nada. Fazer perguntas — tinha tido a prova — não ajudava. Continuei a arrumar as coisas que tirava de dentro da mochila, olhando-a de vez em quando. «Olha a menina pequenina com a sua filhinha querida ao colo», costumava a Rita troçar, quando às vezes entrava no meu quarto e me via a brincar com a velha *Zica*.

Pelos vistos, agora era ela a menina pequena, despenteando a *Zica* com quantos dedos tinha nas mãos. E a sumaúma toda a cair do corpo dela, pobrezinha da minha boneca velha, de cara preta e de corpo afinal tão branco, todo ali a espalhar-se no chão.

E agora, só para mim eu confesso: acho que fui muito cruel. Porque enquanto a Rita olhava para o tecto pensando sabe-se lá em quê, eu só pensava no trabalho que iria ter, logo que ela saísse, a apanhar toda aquela sumaúma do chão. E eu não queria pensar isso, palavra. Queria chegar ao pé da Rita e fazer-lhe festas, e dizer-lhe como era amiga dela, e como havia de entender a razão da sua tristeza. Mas só olhava para a sumaúma, e só pensava no trabalho que iria ter depois a apanhá-la. Ainda tentei, juro que tentei, fazer-lhe uma festa na cabeça, mas acabei por retirar a mão quase a poisar nos seus cabelos. A dificuldade de dizer, dizer apenas: «gosto de ti». Uma quase vergonha das palavras a nascer-me na garganta sem eu saber porquê. E se ela se risse de mim?

Vou começando a falar de coisas sem importância: a tenda, a piscina, as ruas de Almornos tão direitinhas e tão enfeitadas que mais pareciam as de uma pequena aldeia a sério, a nossa caça aos espiões, o cartaz da Isabel, o Sr. Ernesto. Ela parecia não ouvir nem uma palavra, cravando as mãos cada vez com mais força no corpo da *Zica*. Tanta sumaúma no chão.

Vou explodir, não posso mais, eu sei.

— Mas afinal o que é que tu tens?

— Um dia a mais que ontem, e um a menos que amanhã.

— Não sejas chata, Rita! Sou tua amiga, que diabo!

— Claro que és minha amiga! Toda a gente é minha amiga! *Zica*, és minha amiga, não és? Olha ela a dizer que sim com a cabeça. Rosa, és amiga, não és?

E logo a minha irmã, sempre por ali a cirandar:

— És. E sabes onde é que está escondido o cabritinho, sabes?

Mas a Rita estava pouco interessada em histórias de cabritinhos.

— Vês? A Rosa também é minha amiga. Toda a gente é minha amiga!

— Quero lá saber de toda a gente! Eu sou. É isso que me interessa.

— Eu sou, tu és, ele é, nós somos, vós sois, eles são. Todos, todos meus amigos. Tão bom ter tantos amigos! Ainda não encontrei ninguém que não fosse meu amigo. O meu pai mal pára em casa, quase nem fala e quando fala é para ralhar — mas é muito meu amigo. A minha mãe grita o dia todo — mas é muito minha amiga. E a minha avó é minha amiga, e a Filipa é minha amiga, tu és minha amiga, a Rosa é minha amiga, esta boneca a cair de podre é minha amiga, até o *Zarolho*, se pudesse falar, diria que é meu amigo. Só o que é chato, no meio disto tudo, é que eu é que não sou minha amiga. Até pessoas que eu nunca tinha visto, ou com quem nunca tinha falado mais do que «bom dia» ou «boa tarde», de repente chegam-se ao pé de mim para me dizerem que são minhas amigas, oh! tão minhas amigas, e como ficariam felizes, oh! tão felizes, se eu confiasse nelas.

Por breves momentos passou pelos meus olhos o cartaz laboriosamente preparado pela Isabel para a nossa tenda, mas desta vez com a inscrição «A M I G O S, G O H O M E». Mas foi um segundo apenas. Logo os meus olhos voltaram a cair no monte cada vez maior de sumaúma, e na minha pobre *Zica* meio esventrada. Como se de repente a Rita tivesse descoberto nela o seu inimigo público n.º 1.

Tentei pensar nas coisas que eu gosto que me façam ou digam quando estou aborrecida. Gosto que a minha mãe me sente no colo (onde eu já não caibo) como se eu fosse da idade da Rosa. Gosto que o meu pai largue as palavras cruzadas do jornal e, em vez de se esforçar por descobrir quem era, com sete letras, a cortesã grega mulher de Péricles, se esforce em me contar mais histórias de quando ele era pequeno — nem que seja para me falar, pela 587.ª vez, do Largo 5 de Outubro em Vila Flor. Gosto que a minha avó Elisa me arranje pão quente com queijo a derreter-se. Gosto de comer chocolate quando chove e me sinto a pessoa mais infeliz do mundo. Gosto de pegar na Rosa ao colo e chamar-lhe «meu bichinho-de-conta», «meu cristal de quartzo», «meu porquinho-da-índia», «meu bandolim desafinado», e coisas assim que a fazem rir muito sem perceber nada, e arreliam a minha avó Elisa, «se já se viu, chamar nomes à criança!».

E às vezes gosto de pensar na avó Lídia, a escorregar já da minha memória. E na tia Magda, morta entre as suas estrelícias e espera dos amigos que sempre lhe faltaram. E na casa velha.

E gosto às vezes que me deixem em paz. Agora reparo que nunca devia ter perguntado à Rita o que é que ela tinha. Porque se os amigos são para ajudar, às vezes a maior ajuda é fingir que não se dá por nada, ficar calado, à espera. Chego perto dela, faço-lhe uma festa quase a medo no braço, sorrio e digo:

— Não sais daqui sem me ajudares a apanhar toda essa sumaúma, já te aviso!

A Rita olhou à sua volta como se de repente tivesse acordado sabe-se lá de que sonho ou pesadelo e, pela primeira vez naquela tarde, riu a valer:

— Vai lá buscar o aspirador, anda! Isto limpa-se num instante!

(Num instante, claro.)

Apesar da gargalhada da Rita, ainda consegui ouvir a minha mãe dizer à avó Elisa que «aquilo por lá não ia nada bem».

Capítulo 14

De um dia para o outro uma pessoa chega e descobre que a vida é qualquer coisa mais do que dias que se sucedem a outros dias, nas mesmas quatro paredes, com as mesmas pessoas e as mesmas palavras.

Acho que foi isto mais ou menos que eu entendi de tudo. Era difícil entender. Faltava com certeza qualquer coisa mais. Faltava com certeza uma grande razão para que tudo acontecesse dessa maneira. Ninguém se cansa se não tiver um motivo. Ninguém pode um dia dizer «adeus, vou-me embora» só porque descobriu que podia ser bem mais divertido viver noutro lugar. Mas acho que foi isto que eu entendi, quando a mãe me contou o que se passava, dias depois.

A Rosa andava lá entretida na pintura da sua parede, cada vez mais parecida com o arco-íris.

— Os pais da Rita vão-se separar.
Não consegui encontrar nada para dizer. Que poderia eu dizer? Mas senti que tanto a minha mãe como a minha avó estavam à espera das minhas palavras. Que palavras, não sei. Olharam para mim e eu olhei para elas. E continuei sem dizer nada. Senti-me maldisposta. Parecia naqueles jogos de cadeia, que ficam interrompidos se algum dos participantes não diz em tempo a palavra certa.

Acho que a gente deve sempre pensar em coisas importantes e sérias nestas alturas. Mas eu não podia impedir-me de pensar em coisas idiotas, tão idiotas, eu sabia, a sumaúma espalhada no chão do meu quarto e que mesmo com o aspirador tanto custara a sair. Os pais da Rita iam separar-se e eu só pensava no chão sujo do meu quarto. A Rita tinha de viver só com um deles — explicara a minha mãe. À espera de qualquer palavra que saísse da minha boca. Mas eu ficara de repente longe de tudo. Que palavras importantes e sérias eu gostaria de ter dito. De ter pensado, ao menos. Mas nem isso. Só me lembrava do que a gente tinha rido à procura dos espiões em Almornos. A soldo de que potências estariam os pais da Rita? Qual seria o seu disfarce? Qual o código entre eles utilizado?

Acho que se a tia Magda fosse viva tinha agora toda a razão do mundo para me chamar insensível, como ela tantas vezes repetia. Devo ser mesmo insensível. Porque os pais da Rita vão separar-se e eu estou aqui a ouvir tudo isso e a lembrar-me do chão sujo do meu quarto, e das brincadeiras que me encheram o fim-de-semana.

De repente, sabe-se lá porquê, lembro-me também do primeiro dia em que fui à escola, Outubro mal começara, chovia tanto. A minha mãe tinha-me dado um chocolate, sem se importar com o mal que aquilo fazia aos dentes, como sempre me dizia. Acho que passei a manhã de nariz esborrachado no vidro, a olhar a chuva lá por fora, e todos os que pelas ruas andavam tão felizes, sem terem de ir à escola. Nunca fui capaz de esquecer esse dia, a chuva, a minha vontade de chorar, o bibe, o chocolate esmagado na minha mão.

Não sei por que me lembro disto agora. Só sei que quero (quero mesmo?) lembrar-me de outras coias, ser capaz de dizer o que a minha mãe espera que eu diga, olhando-me entre as palavras — e acabo sempre por cair nas coisas tontas que, no fundo, eu sinto que me impedem de chorar diante de toda a gente. Abro os olhos com muita força (assim a Rita me ensinou um dia), como o chão do meu quarto está sujo da sumaúma, como foi divertido caçarmos tanto espião em Almornos, levava um bibe de barcos no primeiro dia em que fui à escola.

No fundo todas as palavras me pareciam inúteis. De nada valia perguntar «porquê?», de nada valia suspirar «que pena», de nada valia dizer «e agora?». Era um assunto tão importante e tão grande que não iria caber em nenhuma palavra que eu descobrisse.

O cheiro do detergente no lava-louça começou a agoniar-me. Havia de dizer à avó Elisa que comprasse outro, de cheiro menos enjoativo. No supermercado há para aí 487 marcas diferentes e todos prometem, para a nossa cozinha, para a nossa louça, para a nossa vida, um paraíso de felicidade. Como se não bastasse a sumaúma e os espiões do acampamento, pensava agora no detergente. Os pais da Rita iam separar-se. E a cozinha toda cheirava insuportavelmente a alfazema misturada com gordura e restos de comida. Gostava tanto do meu bibe de barcos. O chocolate tinha amêndoas pelo meio, e era bom tê-lo bem apertado na mão enquanto olhava a chuva lá por fora e a minha mãe não chegava.

— Talvez fosse bom falares com a Rita — diz a minha mãe, cansada decerto de esperar pelas minhas palavras.

— Ela há dias quando cá esteve não me disse nada.

— Não são assim coisas muito fáceis de dizer. Mas

talvez fosse melhor fazeres-lhe agora mais companhia. Ela deve estar rodeada de pessoas horrorosas, daquelas que parecem alimentar-se com os males alheios. Tu és das poucas amigas verdadeiras que ela tem. Vai ter com ela. Olha que os amigos são para as ocasiões.

Os amigos são para as ocasiões. De pequenino se torce o pepino. Grão a grão enche a galinha o papo. Como a gente se tinha divertido com os provérbios e as adivinhas para animar a Maria do Céu. E como o Sr. Ernesto tinha levantado aquela tenda em menos de um ai. E como era azul a água da piscina. E como cheiravam bem todas aquelas ruazinhas cheias de flores e pinheiros.

— Podias lá passar a tarde.

E a gente olhava desconfiada para os espiões que liam *A Bola* e falavam da lesão do Alves, e para as espias que ouviam os folhetins à hora do almoço e penduravam a roupa lavada durante a manhã.

— Ou então telefona-lhe e pergunta-lhe se ela não quer antes vir cá.

As saudades que eu tenho do meu bibe de barcos.

Capítulo 15

Pela primeira vez na minha vida foi forçado o meu sorriso para a Rita quando ela veio abrir a porta. Até agora eu entrava em casa dela como na minha, sabia-lhe os cantos e os cheiros, espalhava pelo chão do quarto dela as cadernetas de cromos, e aquele era também o meu país. Agora a Rita era uma pessoa que eu não conhecia, aquela casa transformara-se num qualquer estrangeiro que nem sequer vinha marcado no meu atlas, e as cadernetas de cromos tinham ficado arrumadas num tempo que me parecia quase nem ter existido. «Não faças drama», tinha dito a minha mãe, «também não vai ser o fim do mundo!»

Aí é que a minha mãe se enganava. Não seria talvez o fim do mundo inteiro, mas seria de certeza o fim de um mundo, pequenino e sem importância, concordo, mas que tinha sido o nosso. O meu e o da Rita. Já nada iria ser igual. Pior ou melhor, mas igual nunca mais.

Como nada foi igual depois do meu primeiro dia de escola. Também aí um mundo pequenino e sem importância tinha morrido. Acho que, no fundo, toda a nossa vida se passa em pequeninos mundos que vão desaparecendo à medida que a gente cresce e deixa de caber nas saias e nos sonhos. E por cada mundo que a gente perde (ou mata?) a gente aumenta um centímetro, e começa a entender as coisas de outra maneira, e sente-se mais forte apesar de tudo. Até o meu mundo de Almornos, povoado de espiões, se tinha perdido já.

Por mais que eu tentasse, a conversa não vinha. A Rita já sabia que eu sabia. E eu sabia que a Rita já sabia que eu sabia. Isto é assim um bocado complicado, mas não há outra melhor maneira de o dizer, por mais dicionários que se consultem.

— O pior de tudo é que eles até parece que andam mais felizes!

Começo a pensar que a Rita enlouqueceu. Ou então que eu entrei no quarto dela a meio de qualquer misteriosa conversa com alguém invisível.

— O pior de tudo? — exclamo, espantada.

— Não é bem isso que eu quero dizer — ela dá uma risadinha, recosta-se melhor na almofada, teria decerto mais uma vez esventrado a *Zica* se estivesse em minha casa:

— É assim: no fundo eu acho que gostava de me sentir mais vítima, mais desgraçada do que sinto. Para poder barafustar mais. Para poder vingar-me um pouco nas pessoas daquilo que está a acontecer. Gostava de poder dizer que não suporto esta casa, que eles não se conseguem aturar, que embirram comigo dia e noite, que me ralham, que saem e batem com as portas, que se insultam à minha frente e nas minhas costas, que não querem saber de mim para nada. Acho que era isto. Mas a verdade é que eles até estão mais calmos. Quase nem parecem os mesmos. Acho que até nem discutem tanto. Eu estou aqui sem saber o que pensar. Porque eu gosto dos dois e queria viver aqui nesta casa com os dois, mas ao mesmo tempo é tão bom viver numa casa onde ninguém discute, onde ninguém se zanga por tudo e por nada, onde não é o fim do mundo se eu deixar um livro ou um caderno desarrumado.

— Não, não é o fim do mundo.
— O quê?
— Foi isso que a minha mãe disse. Que não ia ser o fim do mundo.
— Mas as pessoas estão à espera que eu sofra muito. As pessoas estão sempre à espera que a gente sofra muito para elas nos consolarem e a gente dizer a todos que bom coração elas têm. Não imaginas a quantidade de primos e primas que nestes últimos dias têm telefonado ou aparecido cá em casa para me darem beijinhos, e fazerem festinhas, e dizerem «coitadinha», e jurarem milhentas vezes o seu enooooorme amor por mim! Até já há quem se ofereça para me levar de férias para a praia, para o campo, para a serra, para o estrangeiro, «tudo para ver se eu esqueço», como elas dizem. Mas esquecer o quê, Santo Deus? Até parece que alguém morreu ou vai morrer amanhã! É por isso que me sinto mal. Às vezes penso que estou a cometer uma falta muito grande e que por isso alguém vai castigar-me. Só que não sei ao certo que falta é essa, que coisa assim tão ruim estou eu a fazer.

— A tia Magda, se fosse viva, chamava-te insensível.
— Deve ser isso, deve.
De repente deu um salto e pôs-se de pé.
— Sabes uma coisa?
Começo a pensar em 785 coisas trágicas que lhe possam ter passado pela cabeça. A Rita é capaz de tudo. Mas ela não me deu tempo para grandes pensamentos. Agarrou-me na mão:

— Vamos ao frigorífico que estou a morrer de fome! Parece que quanto mais preocupada ando, mais como. Outra coisa que as pessoas não entendem. «Coitadinha da Rita!», dizem. Pois a coitadinha da Rita, nestes dias todos de aborrecimento, já engordou dois quilos!

Voltámos para o quarto com um tabuleiro cheio de fatias de pão com manteiga e duas canecas de café com leite, que fome era maleita terrivelmente contagiosa.

O leite escaldava e a manteiga tinha um leve sabor a ranço. Ou seja: nunca tínhamos comido nada tão bom na nossa vida. As coisas estavam a voltar aos seus lugares: a Rita era de novo a Rita que eu conhecia, perita em assobios e truques para não dar parte de fraca. E aquela casa não tardaria a ser habitável, apesar de diferente. Ia ser difícil, ia custar-lhe um pouco da sua alegria, mas não ia ser impossível.

— A tua mãe tem razão — ouço a Rita, entre duas fatias de pão trincadas. — Isto não vai ser o fim do mundo.

Parou, esteve silenciosa por momentos, olhando para ninguém e para nada, e por fim acrescentou:

— Mas também não sei o que isto vai ser.

Os olhos brilhavam muito.

— Tenho medo, Mariana.

Disse, baixinho.

Capítulo 16

Pela 649.ª vez o atlas saltou da prateleira para as mãos do meu pai, «desta vez é que não falha». A Rosa encarrapitou-se num dos braços do sofá, olhando muito compenetrada para o livro, seguindo os dedos do meu pai a viajar por aquelas linhas incompreensíveis.

Para dizer a verdade, eu já não acredito muito naquela viagem a Espanha, e por isso fiquei no meu lugar. Acho que até começo já mesmo a duvidar da existência de Espanha. Para além disso, outras questões enchem a minha cabeça. Mas o meu pai é homem de ideias fixas. Quer dizer: insiste sempre em fazer as coisas mesmo quando tem a certeza de não poder fazê-las nunca. E como os filhos se inventaram para dar força e coragem aos pais, a minha irmã lá ia cumprindo à risca esse preceito de

amor filial. Às vezes, no entanto, a curiosidade era maior que tudo o mais.
— Onde é que estão os lobos, pai?
— Lobos? Quais lobos?
— Os lobos da Espanha.
— Sei lá! Devem estar nas serras e no jardim zoológico, onde é que que tu querias que eles estivessem?
— Na casa deles. Os lobos não têm casa? Nem caminhas?

Quando a minha irmã ia começar a sua inquietação pelos lobos desvalidos — ela quer sempre todos com casa, cama e roupa lavada — o telefone tocou e a minha mãe chamou-me.
— É para ti.

Não gosto de falar ao telefone. Nunca sei o que hei-de dizer, faz-me aflição conversar com uma pessoa sem lhe ver a cara. Para grande irritação da minha avó, costumo pegar no telefone e andar com ele de um lado para outro do corredor, até onde o fio chega, enquanto o telefonema dura.
— Lá começa o baile! — costuma ela resmungar nessas alturas.

Mas eu é que não sei estar parada na conversa.

Por isso peguei no telefone, atirei o habitual «está?» preparando-me para o passeio, enquanto a Rosa continuava na sua lengalenga dos lobos. Os cabritinhos decerto não tardariam.

Não reconheço a voz ao telefone. No entanto a voz sabe o meu nome. Tudo seria bem mais fácil se a gente olhasse para o bocal e por lá visse a cara de quem nos telefona, um sistema que eu hei-de inventar um dia se tiver tempo e se entretanto ainda não tiver sido inventado por outra pessoa qualquer. É claro que depois acabam-se as partidas pelo telefone, como aquela que eu costumo fazer sempre no Carnaval, telefonando para o Sr. Zwyer a perguntar se não tem vergonha de ser o último da lista telefónica. Mas as vantagens, penso eu, são bem maiores.

O telefonema não acabava nunca. A voz tinha-se transformado na mãe da Maria do Céu, e as palavras misturavam-se umas nas outras, e as frases galopavam umas por cima das outras, e eu andava quilómetros para cá e para lá no corredor, sem esperança de terminar breve o bailarico.

— ... Porque a mim ninguém me tira da ideia que foi daquelas porcarias que se vendem à porta lá do liceu, que aquilo não tem vigilância nenhuma, e se fosse só a mulher dos bolos bem estaríamos, o pior é o resto, que os bolos é como o outro, se não levarem dinheiro não os compram, mas o médico disse que foi coisa que ela comeu e também falou em alfaces, mal lavadas, mas alfaces é que não pode ser porque a minha Ceuzinha não gosta de alfaces, desde pequena que não consigo que ela coma alfaces, ó mãezinha que eu vomito!, ó mãezinha que eu vomito!, e é que vomita mesmo, que lá nisso sai a mim, meto os dedos à boca e sai tudo, não é como o meu Cristóvão que é um martírio para vomitar, mesmo que esteja muito aflito aquilo não lhe sai nada, mas a minha Ceuzinha sempre foi cá mais do meu lado, até nas febres, que o médico diz que isto dá sempre febres altas, e eu até já estou com medo porque ela em se apegando à febre nunca mais a larga, nem que seja uma simples constipação, que ela este ano por acaso ainda não teve nada de grave, o diabo seja cego, surdo e mudo, e o médico diz que isto tem é que ser muito bem tratado e com muito cuidado senão é que se torna mesmo coisa grave, e para ali está na cama quase sem se poder mexer, ela até é que me disse para lhe telefonar, «ó mãezinha», disse ela, «liga para esta minha colega e diz-lhe que estou doente»; que eu até nem queria, sabe, porque isto é assim mesmo, as pessoas às vezes podem pensar que a gente está a telefonar para pedir alguma coisa...

Tentei uma brecha naquela impenetrável muralha de palavras, já cansada de andar para cá e para lá no

corredor, enquanto a minha mãe, da sala, perguntava, pela 756.ª vez, quem era.
— Posso ir vê-la?
De novo a muralha desabando sobre os meus ouvidos, a minha cabeça a andar à roda, uma espécie de enjoo a subir por mim acima como se eu fosse a Maria do Céu diante de um prato a transbordar de alface.
— Claro que pode vir cá vê-la mas pelo amor de Deus não pense que lhe telefonei para a obrigar a fazer visitas à minha Ceuzinha, que o médico até disse que descanso, descanso é que ela precisava agora, e muito cuidado na alimentação, claro, só cozidos e grelhados, e ela então que é um castigo para comer, minha Nossa Senhora, torce o nariz a tudo, o meu Cristóvão diz que fui eu que a habituei mal desde pequena, mas o que havia eu de fazer se ela tinha dias de me ficar só com uma caneca de leite ou uma banana, tudo recusava, tudo punha de lado, estou mesmo a ver o que vai ser agora, ela que detesta peixe grelhado, isto para ser franca, ela detesta peixe de qualquer maneira e eu cá, para falar verdade, também não engraço muito, mas o médico manda, o que é que eu hei-de fazer, ela já está tão magra que vai ficar pele e osso com certeza, como quando foi da escarlatina, andava ela ainda na primária, estava a ver que me chumbava a quarta, mas não, lá se safou, que a minha Ceuzinha não é assim de se apegar muito aos livros, mas é esperta, não é lá por ser minha filha, claro, que isto até nem me fica bem ser eu a dizer mas as verdades são para se dizer, não é?, já o meu Cristóvão é diferente, mais agarrado aos livros mas com mais dificuldades, que isto eu nunca vi dois irmãos tão diferentes como estes, como do dia para a noite, mas são muito amigos e não podem estar muito tempo longe um do outro, e até foi ele que insistiu comigo para levar a minha Ceuzinha ao médico, porque a gente ia dizendo que aquilo era má disposição, era ela que enjoava de carro ou de camioneta, isto a miudagem

de hoje parece que tem mais olhinhos que os mais velhos, parece que já nasce ensinada, o pior é quando lhe dá para a asneira, isso é que é pior, que eu, o diabo seja cego, surdo e mudo, não tenho tido razão de queixa, a minha Ceuzinha é uma rapariga cheia de juizinho, que o meu Cristóvão também não é homem para se ficar se visse a filha sair dos eixos, que ele logo a avisou, «tu tem-me tento nessa cabeça», disse ele, «à primeira levas um ensaio que te fica de emenda», mas ela nunca teve nada que lhe pudesse apontar, não senhora, e o meu Cristóvão também é rapaz atinado, e ainda não me perdeu ano nenhum que o meu Cristóvão também logo lhe disse «é perderes um ano se queres ver o que te acontece, vais logo trabalhar», e ia mesmo, que o meu Cristóvão não é homem para se ficar só em promessas, muito bom pai, muito bom marido, mas quando lhe sobe a mostarda ao nariz nem queira saber...

Eu, na verdade, não queria mesmo saber, nem sabia já quase quem era nem onde estava, nem quem diabo seria o meu Cristóvão e quantos seriam eles, e que faziam ali naquela conversa, ou onde estava eu no meio daquele furacão de palavras. Até que a minha mãe veio em meu socorro e tirou-me o telefone da mão:

— Está? Sou a mãe da Mariana...

Sentei-me, mais morta que viva, ao lado da minha irmã. Os cabritinhos também já tinham chegado. Acho mesmo que eram os únicos que faltavam para a loucura ficar completa.

Agarrada ao telefone, a minha mãe ia dizendo que sim e que não com a cabeça.

Capítulo 17

Subimos uma escada que parecia não acabar, forrada daquele cheiro a bafio e a gatos que têm todas as escadas velhas. Como a da escola antiga. Os degraus rangiam à nossa passagem, ouvia-se o barulho de telefonias e de água nos canos, algumas vozes, o choro de uma criança.

— Tens mesmo a certeza que ela mora no último andar?

Perguntava a Rita, que já costuma achar o meu 2.º andar um quase arranha-céus.

— Vá lá, é só mexer as pernas mais um bocadinho! Inconvenientes de quem toda a vida morou num rés-do--chão, minha filha!

Mas ela não parecia conformada.

— Sempre ouvi dizer que era obrigatório haver elevadores em prédios com mais de três andares!
— Pois ouviste, mas este é tão velho que quando foi construído ainda não se tinham inventado os elevadores.
— Estás hoje com muito espírito. Além do mais, ainda gostava de saber o que faço eu aqui contigo, a trepar esta escada pré-histórica e malcheirosa, para visitar uma pessoa que eu nem conheço!
— Não conheces, ficas a conhecer. E de resto eu estou farta de te falar na Maria do Céu. Ainda quando foi do acampamento te falei nela.

A Rita deu um leve suspiro e subiu mais três degraus.
— Não andarás tu também a querer distrair-me, para ver se eu esqueço, como eles dizem?

Talvez, no fundo, isso fosse verdade. Como diria a mãe da Maria do Céu, a Rita não será assim de se apegar muito aos livros mas é muito esperta.

Não exactamente para esquecer. Não era isso. Acho que ela não vai poder esquecer, ninguém esquece assim de um momento para o outro. Mas talvez para a fazer sair de casa um pouco, para a fazer ver outras caras, saber de outros problemas que não apenas os seus. Mas confesso que não fui capaz de lhe explicar.

— Ora, não sejas tola! Pedi-te que viesses comigo só porque acho mais divertido vir contigo do que sozinha. Mas se não quiseres, é só dizeres. Desces a escada e voltas para casa. Isto é um país livre, lá diz o meu pai.

Mas a Rita pareceu não ter ouvido, ocupada que estava em olhar para cima a contar quantos lanços ainda faltavam.

Estávamos precisamente no 3.º andar quando me lembrei que não deveria ter falado no meu pai. Quando cheguei ao 4.º pensei que afinal talvez não tivesse feito diferença, a Rita não podia ficar a vida inteira protegida das pessoas e das palavras que elas pudessem dizer, por muito que ao princípio doessem. De resto, como ela própria tinha dito, não morrera ninguém. O pai continuava a existir, tal como a mãe, só que em sítios diferentes. E ela, às vezes, longe de um deles, como por força mandavam as leis. Acho que era isso que doía mais, que tornava tudo mais difícil. Isso: a vida dividida entre duas pessoas de quem se gosta.

Quando decidi deixar de pensar no assunto estávamos finalmente a chegar ao 5.º andar e a tocar à campainha da porta. Tenho a certeza que não tocámos muito, mas de dentro logo houve quem refilasse, a voz misturando-se com um sonolento arrastar de chinelas.

— Lá vai, lá vai, têm o dedo colado ao botão, ou quê?

A porta abriu-se e uma mulher dentro de uma bata às flores, que em tempos teriam sido esverdeadas mas agora eram apenas manchas entre muitas outras manchas, olhou-nos de testa franzida.

— Somos amigas da Maria do Céu.

O franzido desapareceu-lhe da testa, acho até que tentou o que devia ser o seu mais acolhedor sorriso. As nódoas da bata é que, evidentemente, não podiam desaparecer também. Acho mesmo que não iriam desaparecer nunca mais.

— Entrem, entrem. Desculpem eu não ter vindo logo, mas estava no tanque a lavar uma roupa e não ouvi a campainha.

Uma voz de rapaz saiu de dentro de um dos quartos.

— Não ouviu a campainha ou pensou que era a D. Judite para vossemecê lhe pagar o que deve?

Se não estivéssemos ali, tenho a certeza que ela teria entrado pelo quarto adentro, a fúria espalhada pelos olhos, pelo corpo, pelas nódoas da bata em tempos às flores verdes. Mas limitou-se a gritar:

— Seu malcriado! Tem alguma coisa a ver com a minha vida, tem? Se você trabalhasse, em vez de andar por aí à boa vida!

E para nós, como se fosse forçoso dar-nos uma explicação:

— As meninas desculpem, sim? É o que fazem os miminhos que a mãe lhe dá. Tudo desculpa ao menino, tudo esconde do pai, e o resultado está à vista. O quarto da Ceuzinha é ali, podem entrar, acho que ela está acordada.

Quis perguntar-lhe se a Maria do Céu podia comer bolachas (a minha mãe insistira em que eu lhe trouxesse uma caixa) mas ela já tinha desaparecido, decerto direita ao tanque, só que eu não sabia onde era o tanque, e à minha frente havia apenas um corredor escuro e a cheirar a fritos, tendo por passadeira um oleado que já devia ter conhecido melhores dias.

A Maria do Céu estava encolhida entre os lençóis e quase da mesma cor que eles. Ainda há uns dias parecia tão feliz e contente, na caça aos espiões de Almornos, aguentando a viagem de camioneta para lá e para cá sem um enjoo, e agora ali estava, num divã encostado à parede, num quarto onde bem pouco mais havia.

Lembrei-me de repente do Sr. Guerreiro, aqui há tempos em conversa com a minha avó, no banco da cozinha.

— É o que lhe digo, Sra. D. Elisa, a gente queixa-se, mas olha em volta e descobre logo meia dúzia de pessoas bem mais aflitas que nós. Se me doem os ouvidos, ao vizinho de baixo é capaz de doer os ouvidos e a garganta, se parto um braço, o vizinho de cima é bem capaz de ter partido os dois, e por aí fora. Bem dizia o nosso imortal épico: «Oh! Caminho da vida nunca certo!»

Mesmo sem a ajuda do nosso imortal épico (Camões para os amigos) o Sr. Guerreiro era capaz de ter razão. E já nem era bem na doença da Maria do Céu que eu estava a pensar. Essa havia de passar, com certeza. O médico assim o dissera, a mãe o garantira naquela infernal conversa ao telefone. Era outra coisa. Uma outra espécie de doença que caía daquelas paredes, daquele quarto tão desolado, daquele corredor escuro, daquela bata, daquelas vozes. Uma doença que não passava. Dei por mim a perguntar a mim mesma: a Maria do Céu é pobre? Mas pobre é não ter dinheiro para comer, para calçar sapatos, é andar esfarrapado ou com remendos. Pelo menos era o que eu pensava. E a Maria do Céu sempre andara calçada, e no intervalo das 11 comia pão com marmelada que trazia de casa todas as manhãs. Haveria várias maneiras de ser pobre, tal como havia — os pais da Rita assim lho tinham garantido — várias maneiras de amar as pessoas? Tal como havia — eu o sabia por experiência própria — várias maneiras de afastar o medo: o chocolate esborrachado na mão, olhando a chuva, no primeiro dia de escola, por exemplo.

Mas já a Maria do Céu, tentando um sorriso, perguntava entre os lençóis tão esbranquiçados como o seu rosto:

— Sabes se já saíram as notas?

Capítulo 18

Sentei-me à beira da cama.
— Acho que não, a «setôra» de Trabalhos Manuais lá em Almornos disse que só no fim do mês, não te lembras? Mas devemos ter passado todas. Pelo menos foi o que a directora de turma disse há dias na reunião de pais.
— A minha mãe nunca pode ir a essas reuniões, está sempre a trabalhar a essa hora. E o meu pai, quando está em casa diz que isso é assunto de mulheres e também não vai. Por isso nunca sei nada do que lá se passa.
Ri-me para a alegrar um pouco.
— Deixa lá que, por aquilo que a minha mãe me diz, também não acontece nada de especial. Todos os anos os pais se queixam de que a escola não tem condições

nenhumas, e todos os anos a escola continua sem condições nenhumas...
Entretanto a Rita, em pé ao meu lado, não dizia palavra. Com aquela pressa toda em saber das notas, a Maria do Céu nem tinha dado por ela.
— Esta é a Rita, somos amigas desde o jardim infantil, já morámos na mesma rua e tudo. Ela não queria vir porque dizia que não te conhecia, mas tu não te importas, pois não?
— Importar-me? Quem me dera ter aqui sempre gente ao pé de mim a fazer-me companhia! Ainda bem que vocês vieram.
No quarto não havia uma cadeira, um banco sequer. Cheguei-me mais para a parede, para a Rita também se poder sentar na borda do divã. A Maria do Céu reparou e, por momentos, o rosto ficou ligeiramente corado.
— Espera aí que eu já peço uma cadeira.
Erguendo-se na cama, gritou:
— Menina Dulcineia, é capaz de trazer a cadeira do quarto da minha mãe, se faz favor!
Do tanque, a outra respondeu:
— Lá vai, lá vai, que eu não tenho quatro mãos!
Pelos vistos a menina Dulcineia resmungava sempre. Minutos depois empurrava a porta do quarto e, sem mais palavras, metia a cadeira lá dentro voltando a desaparecer pelo corredor.
— Julgava que era a tua mãe — disse eu.
A Maria do Céu sorriu e abanou a cabeça.
— A minha mãe só chega lá para a noite. Esta é a nossa hóspede. Quando eu nasci já ela cá morava. Isto é uma casa velha e todas as casas velhas são muito grandes. Para que queríamos nós uma casa com tantas divisões? Depois da minha avó morrer, a menina Dulcineia veio viver para o quarto dela.
A Rita deu uma gargalhadinha e comentou em voz baixa:

— Dulcineia! Raio de nome mais esquisito!
A Maria do Céu também riu.
— Ela conta uma história muito complicada sobre isso. Diz que houve em tempos um fidalgo espanhol chamado D. Quixote que se julgava cavaleiro da Idade Média e que inventava uma data de aventuras e perigos. Pelo meio disso tudo encontrou também uma apaixonada que baptizou de Dulcineia, único nome que ele achava digno de princesa. Ela conta que o pai era muito dado a romances, e por isso quando ela nasceu decidiu pôr-lhe esse nome.
— Linda obra!
Disse a Rita, ainda rindo.
— Mas o pior de tudo...
E aí a Maria do Céu baixou muito a voz, até quase se tornar num murmúrio, olhando pela porta, não fosse ela andar ali por perto.
— O pior de tudo é que o meu irmão já leu esse livro e anda sempre a meter-se com ela, a garantir-lhe que Dulcineia foi um nome inventado pelo tal D. Quixote, e que o nome mesmo a sério da senhora era Aldonça! Quando ele lhe chama Aldonça ela fica pior que uma fúria! É como se lhe estivessem a chamar a mais feia de todas as asneiras! Mas o meu irmão ri-se e não lhe liga. Aqueles dois parecem o gato e o rato. Mas também ainda é o que anima um bocado esta casa.
— Vais ter que ficar muito tempo na cama?
A Maria do Céu encolheu os ombros.
— Não sei, acho que sim.
E de repente, sem que nada parecesse justificá-lo, a Maria do Céu enfia a cabeça na almofada e desata a chorar.
É nestas ocasiões que eu sinto que para bem pouco nos servem as mãos. É nestas ocasiões que elas se transformam nas «extremidades dos braços», como costuma aparecer nas palavras cruzadas que o meu pai faz.

Inúteis, elas pesam, pesam, com toneladas em cada dedo ao fim dos nossos braços. Quero levantá-las, fazer qualquer coisa, mas elas são dois corpos diferentes no meu corpo, e não se mexem por mais que eu queira. Para minha grande surpresa ouço a voz da Rita, tentando animar a Maria do Céu («é preciso animar a Maria do Céu!», como tudo isso acontecera há séculos).
— Deixa lá, olha que não é o fim do mundo!
Tive vagamente a impressão de que aquelas palavras estavam ali deslocadas, pertenciam a outro local, a outra gente. A outra anedota, como costuma dizer a Susana, quando acorda bem-disposta na sua pele. Santo Ambrósio!, a Maria do Céu lavada em lágrimas e eu aqui, a lembrar-me destas coisas! Insensível, diria, mais uma vez, a tia Magda.
— Não é o fim do mundo, não é.
Continuava a Rita numa espécie de cantilena para adormecer meninos sem sono. Como eu com a Rosa, quando há trovoada lá por fora e ambas fingimos não ter medo nenhum, olha que ideia.
— A gente há-de vir cá ver-te muitas vezes, deixa lá. Nem vais ter tempo para te aborreceres.
Garantia a Rita, com uma sabedoria de irmã mais velha que só agora eu descobria nela. A Maria do Céu continuava a chorar baixinho, como se tivesse medo de acordar alguém. Mas a Rita não desarmava.
— Contamos-te tudo o que se vai passando lá por fora, trazemos-te as notícias fresquinhas, inventamos jogos...
— Tudo menos adivinhas e provérbios!
Grito eu, de repente. A Maria do Céu conseguiu então sorrir no meio de tanta lágrima a ensopar a almofada.
— Acho que esses foram os dias mais felizes da minha vida.
Disse ela, mas logo a Rita a interrompeu.
— Não digas isso.

Estava de repente muito séria, a Rita.
— Porquê?
O choro da Maria do Céu transformara-se subitamente em espanto, daquele mesmo a sério, que faz arredondar os olhos e abrir a boca.
— Porque o dia mais feliz da nossa vida é sempre amanhã.
Naquela altura não entendi o que a Rita queria dizer com aquilo. Pareceu-me até daquelas frases um pouco pomposas que a professora de Português às vezes nos dava como temas de textos, quando queria ver-nos aflitas e ela tão descansadinha em seu lugar de mestra. Aqui para nós, acho que mesmo agora ainda não entendi muito bem, ainda a acho até um pouco ridícula, embora qualquer coisa confusa me faça sentir que eram, a seu modo, palavras certas. A Maria do Céu também não entendeu. A Rita olhava para as tábuas do chão, muito séria.
— O meu pai é que costuma dizer isso — murmurou ela.
E durante o resto da tarde não disse mais nenhuma palavra.

Capítulo 19

Todas as coisas têm um coração por dentro. Isto pensava eu quando era pequena e tocava nos objectos e lhes sentia a pulsação. Bastava a ponta dos meus dedos sobre a mesa, e logo o coração da mesa respondia, batendo pausadamente ao ritmo do meu. Quando acordava era como se as coisas, todas as coisas, acordassem comigo. E eu pensava então que o coração descansava enquanto a gente dormia. Se não, para que servia a gente adormecer? Se não, quando descansaria o nosso pobre coração? Eu tinha então uma ideia bastante estranha do coração e da vida. E quando mais tarde entendi (ou me explicaram) que não era dos objectos que vinha a pulsação mas da ponta dos meus próprios dedos, passei a olhar as coisas de maneira diferente.

Mas aqui que ninguém nos ouve, ainda não estou muito certa de que os objectos não tenham coração. De vez em quando ainda gosto de tocar com a ponta dos dedos na parede do aquário do Zarolho. Devagar, muito devagar, porque segundo li num livro sobre peixes, um qualquer pequenino barulho feito na parede exterior do aquário é sentido pelo peixe como um enorme estrondo — e eu não quero assustar o Zarolho, sempre ali tão pacífico, tão indiferente a tudo, nesse Atlântico que lhe coube em sorte.

Passava os dedos bem ao de leve na superfície lisa do vidro e deixava-os correr de uma extremidade à outra do aquário. O Zarolho seguia-os, como se estivesse hipnotizado, ou como se os meus dedos fossem a luz de algum farol a prometer bom porto. Ou, quem sabe, como se o meu coração passasse dos meus dedos ao vidro, do vidro à água, e da água ao seu próprio minúsculo coração de peixe.

Mas tinha eu chegado de visitar a Maria do Céu quando reparei que as folhinhas verdes e cor-de-rosa com que se alimentava estavam todas à tona da água, como se ele nem desse por elas. Ele, que as devorava assim que a gente as deitava para dentro do aquário. Nesse dia deixou de seguir os meus dedos e o corpo estava todo cheio de pintas brancas. Tentei achar graça:

— O *Zarolho* está a mudar de pele.

— O que ele está é doente — disse o meu pai, do fundo do sofá.

— Chama-se o Sr. Guerreiro — acudiu logo a minha avó Elisa, para quem o nosso vizinho é a sumidade máxima, sobretudo desde o dia em que lhe deu uma receita especial («olhe que tem segredo, Sra. D. Elisa») de uma açorda de coentros.

— Cá por mim parece-me melhor levá-lo ao veterinário — tornou o meu pai.

— Qual veterinário! — protestou a minha avó —

veterinário é para cães e vacas. Do que um bichinho destes precisa é de muito cuidado e muito carinho. Os veterinários são uns brutos.

E o Sr. Guerreiro, habitualmente chamado para frigorífico empanado ou candeeiro sem ficha, lá veio ver o *Zarolho*.

— Isto foi coisa que o bicho comeu e lhe fez mal — disse com ar entendido depois de largos minutos de meditação em frente ao aquário.

— Alguma feijoada, se calhar... — disse eu.

Mas a minha avó não achou graça nenhuma. Duvidar da sabedoria do Sr. Guerreiro era pior do que duvidar da existência do Sol, da Lua, e de todas as coisas à face da Terra. Deitou-me um furibundo olhar, e só não disse nada porque entretanto, e para seu grande espanto, o Sr. Guerreiro conselhava:

— O melhor é levá-lo ao veterinário. Estes bichinhos são seres muito frágeis, todo o cuidado é pouco.

Não consegui abafar uma risadinha, daquelas que eu sei que particularmente irritam a minha avó.

— Ó Sr. Guerreiro! Mas os veterinários são uns brutos! — exclamei, divertida.

— Não diga uma coisa dessas, Marianinha!

(O Sr. Guerreiro é a única pessoa no mundo que me chama Marianinha.)

Olhou para o *Zarolho* e acrescentou, em toda a sua inocência:

— Não digo que alguns não o sejam, isso já se sabe, é como em todas as profissões: há bons e maus. Noutros tempos penso que se um pobre peixe de aquário adoecesse, as pessoas o deixavam morrer. Mas hoje a ciência tem recursos quase ilimitados e devemos recorrer a eles sempre que necessário.

Ainda esperei, pelo meio do discurso do Sr. Guerreiro, alguma citação do nosso imortal épico, mas ele parecia esquecido dele. Talvez Camões não gostasse lá muito de peixes de aquário. Talvez preferisse tubarões, baleias, cachalotes. De facto, eu não via lá muito bem o *Zarolho* ou algum dos seus longínquos antepassados a inspirar poemas épicos.

— Se a Sra. D. Elisa quiser, eu posso levar o bichinho ao médico, não me custa nada. Arranja-se um saco de plástico com água e ele vai lá dentro.

O sorriso da minha avó foi assim rasgado, de orelha a orelha. Como se costuma dizer nos livros de história, «não havia palavras para o descrever». E é que não havia mesmo, por mais dicionários que se abrissem e fechassem.

Mas quem veio pôr ordem naquilo tudo foi a minha mãe:

— Veterinário para quê? Leva-se ao Sr. Ling e ele lá saberá o que é preciso fazer.

O Sr. Ling é um chinês que mora na nossa antiga rua, numa cave cheia de aquários por todos os lados. Foi aí que a minha mãe comprou o *Zarolho*, o aquário, e tudo o que lá está dentro. O Sr. Ling está sempre a rir e a dizer que sim. Mesmo que seja preciso dizer que não, ele abana a cabeça a dizer que sim. E a sorrir sempre. Acho que o Sr. Ling já acorda a sorrir e a dizer que sim.

Capítulo 20

O Sr. Ling, mal olhou para o *Zarolho*, e logo avisou que ele precisava ficar de quarentena. Arregalei os olhos. Quarentena era quando havia epidemias a bordo e os barcos tinham de ficar ao largo, sem poder acostar. Pelo menos era isto que eu pensava. Nas histórias de aventuras que eu já tinha lido, às vezes aconteciam coisas dessas. O Sr. Ling deve ter percebido a minha estranheza. Sorriu ainda mais, se possível, e lá me explicou que os peixes, quando adoecem, devem ser levados à pessoa que os vendeu, que trata de os isolar, pois eles podem ter algum parasita ou coisa parecida. E além disso vai-se tratando o peixe com os remédios que forem precisos.

— Menina não se assuste. Qualentena não dula muito. Daqui a 15 dias passa pol cá e ele já vai pala casa.

O Sr. Ling tinha muita dificuldade em dizer os «rr», o que sempre me dava uma certa vontade de rir. Mas como não o queria ofender, lá consegui manter-me séria, pensando com muita força no Zarolho. Que, no aquário de quarentena do Sr. Ling, passou a ter uma etiqueta de identificação que lhe dava o nome de *Cassius Auratus*, coisa que, de repente, me fez sentir pessoa importante. Ter em casa um *Cassius Auratus* era quase como ter o descendente de algum imperador romano.

Mas o Sr. Ling queria saber todos os sintomas da doença, antes de pôr o Zarolho de quarentena. E foi um desfiar de perguntas (difíceis às vezes de entender, porque o Sr. Ling só sabia dizer frases curtas), que eu comecei a pensar que é bem mais perigoso ser peixe que pessoa. Se ele se deitava de barriga para o ar, se ele se atirava de encontro às paredes do aquário, se a pele estava mais pálida, se havia escamas salientes no corpo, se tínhamos notado algum tumor, se as barbatanas pareciam feridas ou encolhidas, e um nunca mais acabar de sintomas. A tudo a minha mãe ia dizendo que não, e sempre o Sr. Ling arranjava novas perguntas, e dizia que sim com a cabeça.

— Se o Sr. Ling reparar bem nele, há-de notar umas manchas brancas no corpo e nas barbatanas. Deve ser por isso que ele perdeu o apetite — disse a minha mãe, para poupar ao Sr. Ling o esforço de descobrir mais 8947 sintomas que o Zarolho poderia apresentar.

O Sr. Ling voltou a examinar o peixe, agora com muito cuidado, abanando a cabeça.

— Pois é. Nada de glave, nada de glave. Uns glamas de sal. Vai fical bom num instante.

Comecei a ficar alarmada apesar do sorriso perpétuo do Sr. Ling. Que iam fazer ao Zarolho? Pô-lo em sal, como eu via a minha avó Elisa fazer ao peixe que a gente comia à refeição? Já imaginava o pobre do meu *Cassius Auratus* todo esventrado em cima da tábua de madeira, e

as mãos da minha avó por cima, salgando-o, como o Sr. Ling, sorrindo, ordenara.
Perguntei a medo:
— Para que é preciso o sal?
— É o tlatamento. Pala este vílus. Nada de glave, nada de glave. Só que o peixe fica muito ilitado da pele com este vílus. Pala matal vílus. O sal. Nada de glave, nada de glave.
E junto à etiqueta que o baptizava de *Cassius Auratus*, o *Zarolho* passou a ter outra que lhe dava por companhia um tal *Cyclochaeta*, que eu não fazia a mínima ideia de quem seria.
— Isto é o nome da doença que ele tem? — perguntei, já a antever o brilharete que iria fazer junto da Rita, da Susana, ou da Maria do Céu, quando lhes contasse que o *Zarolho* estava com *cyclochaeta*.
O Sr. Ling sorriu mais uma vez:
— O vílus. Nome dele. Nada de glave, nada de glave. Tlatamento simples. Água mudada todos os dias e semple mais sal dentlo do aquálio. Depois diminui. Depois muda pala outlo aquálio. Depois está bom. Nada de glave. Nada de glave.
O *Zarolho* não pareceu muito incomodado por ali ficar de quarentena, longe de nós, entre dezenas e dezenas de aquários cheios de parentes seus. Sobretudo parentes ricos, que nasceram em águas tropicais e requerem uma data de cuidados especiais, e tubos e mais tubinhos nos aquários onde vivem. Esborracho o nariz de encontro às paredes lisas do vidro, e os mais estranhos nomes aparecem nas etiquetas de identificação. Reparo que há muitos *Xiphophorus*, e muitos *Mollinesia* mas com segundos nomes diferentes. Acho que deve ser assim uma espécie de apelido, tal como acontece com as pessoas quando pertencem à mesma família.
Mas cá por mim, prefiro que o *Zarolho* se chame *Cassius Auratus*, mesmo que seja um vulgarzinho peixi-

nho vermelho, de água fria, uma espécie que, segundo me lembro de ter lido nos meus cromos «Maravilhas da Natureza», já era conhecido no século IV, em rios do Sul da China. Talvez por isso o Sr. Ling perceba tanto de peixes. Quem sabe se não terá sido um seu antepassado o primeiro a pegar num antepassado do *Zarolho* e a domesticá-lo dentro de um vaso de vidro?

O Sr. Ling ainda fez mais umas perguntas à minha mãe, enquanto eu olhava, fascinada, para aquele universo de peixes. Sorriu muito para mim («nada de glave, nada de glave»), abanou mais uma vez com a cabeça, e lá ficou na sua cave, com centenas de minúsculos corações de peixe batendo juntamente com o seu.

Capítulo 21

O dia de hoje amanheceu fusco, com as vizinhas todas aflitas a tirar a roupa da corda «porque vinha aí decerto uma chuvada», nas palavras entendidas de uma delas. Chuvada, o que se chama mesmo chuvada, não veio, mas parou de cair aquela chuvinha miúda de Verão, «chuva de molha-parvos», como lhe chama a minha avó Elisa, perita em questões atmosféricas. Quando entrou, logo de manhã, houve por bem avisar:
— Isto hoje vai ficar o dia todo assim. Está pegado.
Acertou. Ficou realmente o dia todo assim. Às vezes a minha avó Elisa não acerta, é claro. Olha para as nuvens e diz «vem aí água», e só para a arreliar daí a pouco rebenta o mais esplendoroso sol do universo. Mas desses dias a gente faz que não se lembra, e vai

sempre confiando nos boletins meteorológicos da minha avó.
Hoje, para lá da chuva, a Rosa estava insuportável. A Sra. Ricardina adoecera e a mulher-a-dias que a viera substituir, ignorante das regras estabelecidas no que diz respeito à parede da Rosa, tinha pegado num esfregão e no mais eficaz dos detergentes e limpara aquilo tudo de uma vez. Não bastara os pobres dos cabritinhos terem sido comidos pelo lobo, viera ainda o esfregão mais o detergente (ao menos este não cheirava a alfazema misturada com gordura) para os engolir de vez.
Quando a minha irmã olhou para a parede, impecavelmente branca, a catástrofe desabou. Ainda tentei mandar as culpas todas para cima do lobo, os lobos têm sempre a culpa de tudo, «foi ele, Rosinha, foi ele que passou por aqui e comeu tudo», mas a minha irmã não se deixava ir na conversa:
— Não foi nada o lobo, foi ela!
Gritava a Rosa, apontando a mulher que, diga-se de passagem, não se mostrava muito preocupada com a chacina que provocara, cantarolando na cozinha:

«*Tenho um amor em Viana, ó ai,
tenho outro em Ponte de Lima...*»

— Não foi nada ela, Rosinha! O lobo aborreceu-se de estar ali na parede e antes de se ir embora comeu tudo.
— Não comeu nada! O lobo já não estava lá! A Rosa tirou ele ontem!
— «Tirou-o.» «Tirou-o» é que se diz, não é «tirou ele».
Mas a minha irmã não estava virada para lições de gramática.
— Tirou ele sim senhora! A Rosa é que sabe! Tu não sabes! O lobo foi para a Espanha e os cabritinhos ficaram sozinhos e fugiram.

— E tu agora vais lá pô-los outra vez, pronto!
— Mas ela levou eles no pano!
Aqui achei melhor não insistir na correcção da frase. Os cabritinhos da Rosa não se encaixavam no comum da gramática, sujeito, predicado, complemento directo.
— Levou eles no pano e agora está a chover e eles não estão nas caminhas deles!
Chorava a minha irmã, com lágrimas bem mais grossas que os pingos de chuva lá por fora. «Chuvinha de Verão», pensei, olhando-a, inconsolável.
— Sabes, Rosinha, isto não é o fim do mundo!
Parei e sorri. Acho que sorri para mim própria. A separação dos pais da Rita não era o fim do mundo. A hepatite da Maria do Céu não era o fim do mundo. A quarentena do *Zarolho* não era o fim do mundo. O desgosto da Rosa não era o fim do mundo. Nada era, afinal, o fim do mundo. E o dia mais feliz da nossa vida havia de ser sempre o que ainda não tínhamos vivido porque nele todos os nossos sonhos ainda eram possíveis, certos quase. E os cabritinhos haviam de regressar então, muito mais coloridos e bem-dispostos, para a parede da minha irmã. Peguei na mão dela, transpirada de desgosto.
— Olha, o lobo saiu da tua parede...
— No pano dela!
Choramingou ainda, mas eu fiz que não tinha ouvido e continuei.
— ... e foi por aí fora, por aí fora, e chegou a Espanha...
— A Rosa já sabe o espanhol todo.
— ... e encontrou lá uma princesa muito bonita.
— Como chamava-se?
(Ai a gramática, Santo Ambrósio!)
— Chamava-se Dulcineia.
A Rosa torceu o nariz.
— É feio.

— Não é nada feio, é até muito bonito! Se calhar gostavas mais de Aldonça!
— Gostavas pois!
Agora já não era só a gramática. Agora era uma questão de apuramento de gostos. «É verdade que não se discutem, mas educam-se», dizia sempre a tia Magda, dedo indicador bem estendido, entre as suas estrelícias, o seu dente de ouro, os seus cristais intocáveis.
— Dulcineia, Dulcineia é que a princesa se chamava e é um nome muito bonito. E depois ela encontrou o lobo que andava perdido lá em Espanha e estava muito triste porque queria voltar para a tua parede e não sabia o caminho. Então a princesa Dulcineia teve muita pena dele e prometeu que ia estudar a geografia toda para descobrir em que país ficava a tua parede. Então estudaram muito, leram todos os livros que havia no palácio, mas não conseguiram saber nada. Até que chegou o mágico da corte...
— Como chamava-se?
— Ernesto. Era um mágico que sabia tudo, menos escrever cartas. Quer dizer: as cartas que ele escrevia nunca chegavam, ou chegavam sempre quando já não eram precisas. Mas fora isso, tudo o mágico Ernesto sabia. E então descobriu que o lobo só seria capaz de encontrar o caminho para a tua parede se tu quisesses.
A Rosa abriu muito os olhos. Eu já não sabia o que mais inventar naquela história toda. Quando um dia for presidente da República hei-de mandar cá para fora uma lei que dê às irmãs mais velhas direito a 13.º mês, subsídio de férias, condecoração no 10 de Junho e no 25 de Abril, reforma na velhice.
— A Rosa quer. Quer os cabritinhos todos na parede. Mais o lobo.
— Por isso tu agora vais pegar nos teus lápis e voltas a desenhar tudo outra vez, com muitas cores, muitas flores...

— Muitas caminhas...

— ... e muitos relógios para eles se esconderem. Foi isso que disse o mágico Ernesto à princesa Dulcineia. Os cabritinhos só conseguem encontrar o caminho se tu os voltares a desenhar na tua parede. Senão, coitadinhos deles, põem-se a andar, atravessam montes e vales, entram em cidades e aldeias, vasculham todas as casas, e em nenhuma parede se encontram desenhados! E vão ficando muito tristes, muito cansados, muito fartos de viajar, muito magrinhos. Até que um dia encontram a parede onde tu os voltaste a desenhar, ficam muito felizes, e saltam todos para dentro dela. E vai ser uma grande festa!

— Com chupa-chupas, chocolate, e papa de aveia?

— Com tudo o que tu quiseres!

— E ela não mata tudo?

Insensível ao drama da Rosa, à fantástica odisseia dos cabritinhos por terras de Espanha, e ao meu tormento em acabar a história, a mulher-a-dias parecia ter sete mãos em cada braço, vinte dedos em cada mão, tal o desembaraço com que se mexia. E decerto um realejo também, misturado com as cordas vocais.

«... *tenho outro em Barcelos, ó ai,*
e outro inda mais acima!...»

Rio-me diante dos temores da minha irmã.

— Não, ela não os mata.

Estive quase a dizer-lhe: «quando muito, vai encontrá-los pelo caminho». Mas contive-me. A geografia da minha irmã ainda não lhe dava para perceber que, pelo andar que a cantiga levava, mais duas estrofes e a nossa empregada entrava, triunfalmente, em terras de Espanha, ó ai!

Capítulo 22

Acordar em férias. Em férias mesmo a sério. Abrir os olhos e, em ar de vingança, deixar o despertador tocar, tocar, até se acabar a corda, virar-me depois para o outro lado, olhar a cama vazia da Rosa, que há muito anda a tratar da vida pelo corredor, pela sua parede, pela casa, pelo mundo inteiro.

Dizer «férias», e saborear cada sílaba, cada letra como se mastigasse devagar uma maçã, fazendo durar o mais possível o seu sabor na boca. Uma maçã bem vermelha, como a que a madrasta da Branca de Neve lhe ofereceu, esta no entanto, se possível, sem veneno e sem bichos por dentro.

Dizer «férias» e pensar que é bom estar em casa e a casa ser assim como é, sem escadas velhas com cheiro a gatos, sem nódoas de gordura a escorrer das paredes. Para ser perfeita, bastava só que os barulhos fossem outros, e não estas vozes das mães ralhando com os filhos de manhã à noite, e eles gritando «não me bata mais!», tantas vezes que a gente tem de fechar janelas e ouvidos para não chorar também. Pelos filhos. Pelas mães. Por todas as raivas juntas que rebentam cá por dentro. Como naquele dia em que a Rita me falou de comboios.

— São muito úteis os comboios.

Comecei a rir. Ela parecia aqueles trechos que a gente tinha nos livros da escola. «Os comboios são muito úteis à humanidade. Encurtam as distâncias, transportam as pessoas, os alimentos, os animais, fazem o longe parecer perto.» Havia um mesmo assim no meu livro de Português do ano passado. Só que em vez de «alimentos» dizia «víveres», que é palavra com que eu embirro particularmente, e até me custa a dizer, com aquele «r» pelo meio a atrapalhar-me a língua. Santo Ambrósio!, pensar eu que uma bela maçã vermelha, um chocolate de amêndoas, uma fatia de queijo, um bife com ovo estrelado, podem, de repente, ser transformados em «víveres»! Ainda por cima, «víveres» é palavra que não rima com mais nenhuma, o que é logo um defeito à partida. Acho que as palavras são assim um bocado como as pessoas: se não rimam, se arrebitam o nariz (neste caso o «r»...) e vão por aí sozinhas sem se juntarem a ninguém — não servem para nada.

Mas a Rita fez de conta que não me tinha visto rir e continuou, imperturbável.

— Gosto muito de comboios.

Tentei ser agradável.

— Eu também. Só é pena que andem sempre atrasados e tão sujos.

Mas ela falava a sério. Nestes últimos tempos a Rita falava sempre a sério. Encolheu os ombros e olhou-me como se eu fosse da idade da Rosa e ela minha mãe ou avó.

— Tu não percebes nada. Não é nada disso. Do que eu gosto é do barulho dos comboios.

Pegou na minha mão e contou, baixo, como se fosse um segredo partilhado apenas comigo.

— Foi uma coisa que eu vi num filme. Havia uma rapariga e um rapaz, e estavam muito tristes os dois, já não me lembro porquê. Só sei que estavam muito tristes, e rebentavam se não gritassem. Mas se eles gritassem em casa, vinha logo toda a gente a correr, a querer saber tudo, a querer ajudar. E as pessoas não podiam entender por que é que eles estavam tristes, e não podiam ajudar nada, claro. Por isso eles tinham de gritar longe das pessoas, para que elas não ouvissem. Mas as pessoas estavam em toda a parte. E tinham ouvidos bem apurados. E eles sentiam-se cada vez mais tristes. Então tiveram uma ideia: correram para debaixo de uma ponte por onde passava um comboio que apitava sempre muito. E quando o comboio passou eles aproveitaram e gritaram, gritaram tudo quanto tinham para gritar, e o grito misturou-se com o apito do comboio, e ninguém deu por nada. E eles voltaram para casa de mão dada, e muito menos tristes.

— E casaram?

— Sei lá se casaram! Do filme só me lembro disso: do apito do comboio a levar-lhes o grito. É por isso que eu gosto muito de comboios. Só é pena que ao pé de minha casa não passe nenhum. Garanto-te que às vezes fazia-me bem arranjo!

Lembro-me que estávamos as duas a passear na praceta diante da minha casa. Praceta ainda sem nome, cheia de ervas e embalagens velhas de detergentes.

Disse-lhe:

— Podias seguir o exemplo do barbeiro que cortou pela primeira vez o cabelo ao príncipe com orelhas de burro: fazias aqui uma cova na terra, e gritavas lá para dentro. Talvez ninguém ouvisse, a terra havia de abafar o som.

A Rita deu um pontapé distraído ao que em tempos deveria ter sido um pneu e era agora apenas um bocado de borracha preta.

— E se a história se repetisse, tal qual? Se da cova nascesse um canavial a contar aos quatro ventos que eu tinha gritado lá para dentro? Desculpa lá, mas acho o comboio mais seguro...

Dou mais uma volta na cama. Férias é isto. A gente ter tempo para se lembrar das coisas, e até entendê-las melhor. Ontem fui à escola ver as pautas. Passámos todas, como já se esperava. Por isso é que esta manhã tem um sabor diferente. Por isso é que não fiz caso do despertador. Por isso é que nem dei pela saída do meu pai. Por isso é que dou mais uma volta na cama, ouvindo a avó Elisa meter a chave à porta e falar à minha irmã, que deve andar já a cirandar pela cozinha.

Por isso é que digo «férias» como se trincasse, devagarinho, a melhor maçã do mundo.

Capítulo 23

Levávamos as mãos cheias de embrulhos: as latas de bolachas para a Maria do Céu, que iríamos visitar logo a seguir ao almoço, os pacotes de leite que a avó Elisa tinha pedido, mais uns lápis de cera para a Rosa, que já tinha esgotado os seus em 5879 cabritinhos desenhados de novo na parede.

A porta de casa da Rita estava aberta, como se alguém tivesse mesmo acabado de entrar ou fosse já sair. Mas não se via ninguém. Enfiámos direitas para a cozinha onde largámos os embrulhos todos em cima da mesa.

A sala tinha a porta fechada, mas havia gente dentro a conversar. Pelo menos ouviam-se vozes.

— Lá estão eles — murmurou a Rita.

Eles eram, com certeza, o pai e a mãe. Peguei de novo nos meus embrulhos e disse-lhe:
— Obrigada pela companhia, mas já é tarde. Apanho aqui o autocarro e vou-me embora. Se quiseres ir comigo ver a Maria do Céu, vai lá ter a casa depois do almoço. E a seguir passamos por casa do Sr. Ling para saber como vai a quarentena do *Zarolho*.

Ela pareceu não ter ouvido nem uma palavra das que eu dissera. Acho que se eu não estivesse ali, ela teria ido escutar à porta da sala. Mas a gente às vezes tem certa vergonha de fazer disparates diante dos amigos. Nunca me lembro de ver os meus pais fecharem uma porta para conversarem. Pensando bem, acho que nunca me lembro de ver uma porta fechada em minha casa. A não ser a da rua, claro — e é quando o meu pai, distraído de nascença, não se esquece das chaves penduradas do lado de fora, como tantas vezes acontece. A Rita pegou na minha mão e pediu:
— Não te vás embora.

Foi nessa altura que a porta da sala se abriu e a mãe da Rita saiu. Quando nos viu, paradas no meio da cozinha, pareceu admirada. Quase garantia que não gostou muito de me ver, embora não tivesse dito nada. A mãe da Rita é muito bem-educada. Olhou-me apenas, e depois à Rita, e outra vez a mim, acabando por dizer:
— Vieram cedo.

Só por dizer. Via-se bem que ela nem devia fazer sequer ideia que horas eram. Talvez até tivesse o relógio parado no pulso. Mas era preciso dizer alguma coisa. É sempre preciso dizer alguma coisa, porque ficar calado torna tudo mais difícil. A gente começa sem saber o que há-de fazer às mãos, para onde há-de olhar, se deve sorrir ou compor cara triste. É terrível o silêncio. E então diz-se qualquer coisa. «Vieram cedo», por exemplo. Se tivesse dito «vieram tarde» tinha sido exactamente o mesmo. Lembro-me de ter ouvido o Pedro dizer, lá na outra escola, que as palavras só serviam para duas coisas: para dizer verdades, ou para dizer mentiras. Mas o Pedro não tinha razão. Os professores nem sempre podem ter a razão toda. Para muito mais serviam as palavras. Para não dizer nada, como agora. Nem mentira, nem verdade: nada.

Tentei ainda sair à pressa.

— Eu já estava para me ir embora...

— Tu ficas.

A voz da Rita tinha uma segurança que eu não conhecia. Aquilo era mesmo uma ordem. Coisas terríveis me poderiam suceder se lhe desobedecesse, como sempre acontece nas histórias.

Entretanto também o pai da Rita saía da sala. Olhou-nos e acenou apenas. Foi a mãe que voltou a falar.

— O teu pai quer conversar contigo.

— Agora?

— Agora.

A Rita segurou na minha mão com mais força, e eu senti-a húmida.

— Anda, vamos lá então.

A mãe franziu ligeiramente as sobrancelhas. Decididamente não lhe agradava muito que eu estivesse ali.

— É contigo que o teu pai quer falar, Rita. Não é com a Mariana — foi o máximo que a sua boa educação lhe permitiu dizer.

Mas a Rita fez que não ouviu, repetindo apenas para mim:

— Vamos lá.

O escritório estava, como sempre, impecavelmente arrumado. Nem um papel no chão, nem vestígios de cinza nos muitos cinzeiros dos móveis, nem sequer uma folha caída das rosas que havia nas jarras. Uma corda à volta, e era uma sala de palácio real em dia de visita pública. O pai da Rita estava sentado no sofá, e nem olhou para nós quando entrámos.

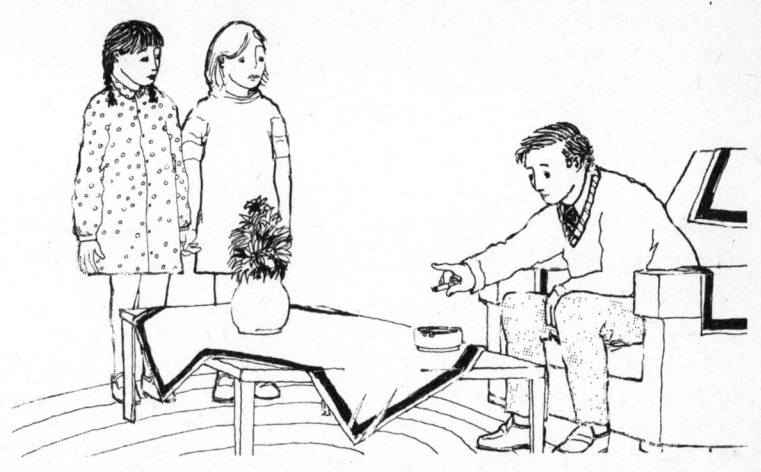

Capítulo 24

— Tenho medo.
Dissera-me há dias a Rita. Agora, olhando-a, não sei se o medo lhe passou de repente ou se o disfarça tão bem que nem mesmo eu sou capaz de o descobrir dentro dela. Neste momento, quando o relógio da sala (o enorme relógio encostado à parede, onde poderia bem ter-se escondido o cabritinho da história da minha irmã) avisa que faltam vinte minutos para o meio-dia, o medo parece ter passado todo para a cara do pai da Rita. Que olhou finalmente para nós, não mostrando importar-se muito com a minha presença. Acho até que nem deve ter dado por mim. Por momentos senti-me um pouco como a visita que ninguém convidara, o espectador entrado sem bilhete. Mas não podia voltar atrás: a Rita segurava a minha

mão cada vez com mais força. Como eu segurava o chocolate, no primeiro dia da escola.
— O carro está lá em baixo — dise ele, olhando para as mãos. A gente sabia que ele queria dizer muitas coisas, mas só olhava para as mãos, como se as tivesse subitamente descoberto vazias.
— O que eu quero dizer é que...
Tornou a parar. Ouviam-se, de repente, todos os barulhos da casa. A água nas torneiras, os minutos a correr no enorme relógio, o próprio ranger da madeira. A Rita também olhava para as mãos do pai e não dizia nada.
Ele arranjou coragem para continuar:
— Estava à espera que tu chegasses. Já lá fui pondo umas coisas, mas ainda falta muito. A tua mãe disse que não devias demorar.
Falava aos soluços, como se cada palavra lhe ferisse a boca, lhe arranhasse a garganta.
— É claro que levo só o que é mais preciso para os primeiros dias, venho depois buscar o resto. Mas mesmo assim...
Interrompeu para acender um cigarro, vagarosamente, como se de repente tivesse para si o tempo todo do mundo. Afastou, distraído, uma mosca pousada no mármore da mesa, olhando finalmente para a Rita, em pé, à sua frente.
— ... mesmo assim ainda falta levar muita coisa para baixo.
A mão da Rita estava húmida. E muito fria. Como se lá fora estivesse Inverno. Ou cá dentro.
— Não fumes tanto — disse ela.
Ele sorriu:
— Ora. Quero lá saber do fumo.
— Porquê? Deixou de fazer mal, assim de um dia para o outro?
Ele tornou a sorrir, e voltou a olhar para as mãos:

— Há tanta coisa pior do que isso.
— Pior do que ficar com os pulmões todos esburacados por causa dessa droga?
Aí ele teve mesmo de rir, e até eu consegui coragem para uma risadita muito desajeitada. E comecei a ficar com uma grande admiração pela Rita que, naquele momento, era capaz de se importar com os cigarros que o pai fumava. Porque isso era a maneira que ela tinha de lhe dizer muitas outras coisas. E ele, apesar de olhar continuamente para as mãos, percebia tudo o que chegava por entre as palavras que ela lhe dizia. Acabou por esmagar o cigarro no cinzeiro. Agora o único cinzeiro sujo naquela sala imaculada.
— Pronto, faço-te a vontade. Não fumo mais. Só te queria pedir...
Mas ela não o deixou continuar:
— Já sei, já sei, queres que te ajude a levar as coisas para o automóvel. Ai pai, pai, que seria de ti se não tivesses esta filha!
Ele abanou a cabeça, os olhos de novo nas mãos:
— Seria bem infeliz, podes ter a certeza.
A Rita estava com as lágrimas a rebentar dos olhos, que eu bem via. No entanto até mesmo nessa altura o seu truque provava ser eficaz. Infalível. Mãos cerradas, olhos bem abertos, e logo o choro adiado para outra altura. Estendeu a mão ao pai:
— Anda daí.
— Espera — disse ele.
O medo voltou de novo aos olhos da Rita. Eu sabia. Senti mais forte a pressão da sua mão na minha.
— Só te queria ainda pedir mais uma coisa.
Fez-se um silêncio muito grande. Em toda a minha vida nunca tinha ouvido um silêncio que tivesse tantos gritos como este, que enchesse a casa toda, que abafasse o barulho da água nos canos, dos minutos no relógio, do ranger da madeira, que quase nos rebentasse com os

ouvidos. Tenho a certeza que mesmo se um comboio passasse agora e apitasse muito, este silêncio havia de ser ouvido por toda a gente.
— Toma bem conta da tua mãe. Tem paciência para ela. Faz-lhe uma festa de vez em quando.
Tive vontade de rir. Subitamente vontade de dar uma grande gargalhada e perguntar quando é que ela tinha tido tempo para fazer festas à Rita. Ou ele. Mas achei que o caso já era suficientemente complicado para a Rita, por isso decidi continuar calada, junto dela, a sua mão na minha, húmida cada vez mais.
E o silêncio de novo. A mosca voltara a pousar na esquina da mesa, só que desta vez o pai da Rita pareceu nem a ver. Pelo menos não se deu ao trabalho de a enxotar.
— Eu sei que tudo isto é difícil de entender e de aceitar. Mas as pessoas não se podem amarrar umas às outras contra sua vontade. As pessoas às vezes gastam-se, como as coisas. É a vida que nem sempre corre como a gente quer. É o trabalho que às vezes nos ocupa o tempo todo e não nos deixa olhar para os outros. Depois quando finalmente paramos um pouco e temos mais tempo para olharmos para eles, já é tarde: já nós mudámos muito e eles também, é como se fôssemos pessoas completamente diferentes, estranhos quase. Então descobrimos que temos de mudar de vida, porque é impossível vivermos ao lado de estranhos. A culpa não foi nossa. Nem foi deles.
Ele tinha uma voz muito cansada, parecia ter arrastado grandes pesos até àquela sala e de súbito tê-los deixado cair a todos ao mesmo tempo à sua frente. Ia falando com a Rita mas acho que, lá no fundo, nem era bem para ela que falava.
— Agora olho para ti e vejo que cresceste. Que cresceste muito. Que cresceste enquanto todas as manhãs eu saía de casa às oito para o escritório, e voltava do escritório todas as noites, cansado e sem olhos para nada,

nem para ti. Foi durante esse tempo que foste crescendo, e eu não dei por nada.
 Deu uma pequena gargalhada sem nenhum riso lá dentro. Para onde teria ido, subitamente, o riso do pai da Rita? Sem dar por isso acendeu novo cigarro, e nem se importou com o bocado de cinza caída no chão, mesmo em cima da alcatifa daquela sala que sempre me habituara a considerar museu. Daquela sala onde nunca tinha vivido ninguém. Daquela sala por onde as pessoas só passavam ao de leve, sem deixar rasto nem cheiro. Talvez — pensava eu agora — por falta de tempo. A Rita olhou para o cigarro nos dedos do pai mas desta vez não disse nada.
 — Acho que comigo e com a tua mãe foi sobretudo isso que aconteceu. Deixámos de ter tempo de olhar um para o outro. Ela não gostava que eu falasse do escritório, eu não gostava que ela falasse dos vestidos e das vizinhas. E um dia entendemos que, para lá disso, nada mais tínhamos a dizer um ao outro. E quando fingíamos que tínhamos, vinham as discussões, as zaragatas, tu sabes. Se tivéssemos tido tempo, talvez eu pudesse falar de outras coisas além do que sucedia ou não sucedia no escritório, talvez ela pudesse falar de outras coisas além do comprimento das saias ou da gripe da vizinha do lado. Talvez.
 Levantou-se do sofá.
 — Bom, eu não quero agora estar aqui a fazer discursos...
 E sorrindo para a Rita:
 — Também não vamos agora ficar aqui a fazer drama disto. Ninguém morreu, que diabo!
 — Ninguém morreu por enquanto. Mas se tu continuas a fumar assim, não te dou muitos anos de vida! — gracejou a Rita, o choro à beira dos olhos mais uma vez transformado em sorriso, amor talvez. E sem lhe dar tempo a mais palavras:

— O que é que é preciso levar para baixo? Aproveita que a Mariana também dá uma ajuda.
Ele pareceu respirar aliviado. Ou talvez esse fosse o seu truque de espantar o medo e as lágrimas.
— No sábado vamos almoçar os dois, está bem?
Olhou para mim e logo emendou:
— Os três, quero dizer. Vão escolhendo o restaurante. Quero um lugar bonito para levar a minha filha, que está uma mulher.
(Que cresceu enquanto ias e voltavas do emprego, enquanto te esquecias de olhar para ela, enquanto tudo se transformava sem que tu desses por isso.)
— E depois hás-de ajudar-me a mobilar a casa nova. Sobretudo o teu quarto, para lá dormires sempre que te apetecer.
A Rita voltara a pegar na minha mão, e fazia esforços para continuar a sorrir:
— E tu também, claro — disse ele para mim. — A casa é pequena mas ainda dá para vocês as duas.
Íamos já a sair da sala quando ele se voltou de repente, e deu um beijo à Rita, despenteando-lhe um pouco o cabelo.
— Tens razão. Que seria de mim se não tivesse uma filha como tu?
Foram palavras ditas quase a correr, num fio de voz que se sumia pela garganta abaixo. Como se receasse envergonhar-se delas logo depois de as ter dito.
A Rita correu para o corredor, levando-me consigo.
Foi a primeira vez que vi o pai da Rita dar-lhe um beijo.

Capítulo 25

Lembro-me, era assim um pouco como agora. A chuva do lado de lá dos vidros, só que era Inverno ou lá quase, e eu sentia-me no fim do mundo. A minha mãe tinha-me abandonado ali, naquela casa escura num 3.º andar, naquilo que me tinham dito ser «a escola». Eu não sabia o que era a escola. Acho que nessa altura eu não sabia muito coisa. Como a Rosa também ainda não deve saber. E como a Rita está a aprender agora.

Mas a escola sempre me tinha cheirado a erva húmida, a corredores claros, a pássaros nas árvores, a príncipes encantados. Lembro-me que a minha avó Lídia me costumava dizer: «quando fores para a escola é que vai ser bom». E para mim a escola passara a ser qualquer coisa de muito parecido com o palácio da Branca de Neve, ou com a casa misteriosa de algum duende por onde se entrasse de olhos fechados e se saísse a saber tudo o que havia para saber neste mundo e nos outros todos.

Mas agora a escola cheirava a degraus de madeira velha, uma porta que rangia, sem duendes nem príncipes, e crianças lamurientas dentro dela.

Lembro-me de ter visto chegar uma rapariga que rapidamente tranquilizou a minha mãe:

— Esteja descansada que ela acaba por se habituar. Ao princípio é sempre assim.

E voltando-se para mim:

— Sou a Amélia.

A minha mãe sorriu e ainda me fez uma festa no cabelo. Eu tinha ido na véspera ao cabeleireiro, pela primeira vez na minha vida, para entrar de cabelo cortado para a escola, «como uma menina bonita», dissera a avó Lídia. Logo aí eu começara a sentir que qualquer coisa não estava bem, e que a escola não podia ser assim coisa muito boa se, para lá entrar, era preciso suportar a cabeleireira, as suas tesouras arrepelando-me, o cheiro enjoativo da sala, o calor quase sufocante, e o meu cabelo caído no chão, em monte. A Gata Borralheira não cortara o cabelo para ir ao baile. Nem a Branca de Neve quando entrara na casinha dos anões.

O que seria afinal de contas a escola? Ouvi a voz da minha mãe:

— Ela cá fica, então.

Sorrindo, mas não para mim.

A escada cheirava ao corredor da casa da tia Magda (bafio, saberia muito mais tarde), e lá por fora chovia manso. Agarrei-me com força à saia da minha mãe. Que continuava a sorrir, mas não para mim. A outra disse:

— Entre.

Mas a minha mãe abanou a cabeça.

— É melhor não entrar. Pode ser pior.
Havia, portanto, alguma coisa ainda pior do que aquilo para chegar. A minha mãe empurrou-me devagar e disse:
— Vá, agora a menina vai ficar aqui, com outros meninos, a brincar, a fazer jogos, e depois a mãe vem cá buscá-la, está bem?
Parece ainda que me estou a ouvir:
— A mãe também fica a brincar aqui.
Lembro-me de ouvir rir a minha mãe, sorrindo depois mais uma vez para a outra, em frente da porta.
— Não, a mãe não pode ficar aqui a brincar. A mãe vai trabalhar e depois vem cá buscar a menina.
E logo a outra, tentando ser simpática:
— A Mariana vem comigo. Há ali tantos brinquedos! E muitos amigos para brincar.
Brinquedos também eu tinha em casa. Podia lá ter ficado, como nos outros dias. Entretanto a outra dizia muito baixinho para a minha mãe:
— Entre só um bocadinho, talvez seja melhor.
Acabou por entrar, a minha mão sempre agarrada à sua, para uma sala pequena, uma mesa, quatro cadeiras, um armário, uma janela, e lá fora a chuva. A minha mãe tirou um chocolate de dentro da mala e deu-mo, sorrindo então para mim.
— Toma. E agora vai com a Amélia para o pé dos outros meninos.
Não havia outro remédio. Dei a mão à que pelos--vistos-se-chamava-Amélia e lá fui por aquela imensidão de corredor até uma sala ao fundo, cheia de cubos de plástico e almofadas pelo chão, brinquedos de madeira e lata em cima de uma mesa.
— Esta é a Mariana.
Disse a que pelos-vistos-se-chamava-Amélia. Os outros não pareceram muito entusiasmados com a minha presença, e continuaram a fazer o que estavam a fazer quando eu entrara. Virando-se para mim, ela disse:

— Esta é a Sara, esta é a Rita, esta é a Vanda, este é o Gil, este é o Pedro António...
E a lengalenga foi continuando enquanto eu, apertando bem o chocolate na mão, pensava se a minha mãe ainda estaria lá dentro à minha espera, ou se já teria desaparecido por aquele corredor escuro e aquela escada velha.
Entretanto, a que pelos-vistos-se-chamava-Amélia sentou-se no chão ao pé de nós e disse:
— Quando estiver bom tempo vamos até ao parque andar de baloiço. Mas hoje está a chover e não podemos sair. Por isso vamos todos aprender uma cantiga.
Já eu estava de pé, no meio deles:
— A menina quer ver.
— Quer ver o quê?
— Chover.
Fui até à janela, esborrachando o nariz contra o vidro. Havia muitos carros, alguns apitavam tanto que até se ouvia dentro da sala, e as pessoas estavam todas com muita pressa. Algumas nem se viam bem. Só duas pernas debaixo de um guarda-chuva. Mas não descobri a minha mãe no meio delas. Encostei a boca ao vidro e ficou uma grande rodela baça à frente da minha cara. Fiz um risco, com o indicador. Mas eu tinha o chocolate na mão e o dedo estava sujo, e o vidro ficou cheio de manchas castanhas. Um deles disse logo:
— Ela sujou a janela, ela é porca.
Mas a que pelos-vistos-se-chamava-Amélia pareceu não ligar muito e só perguntou:
— Não comes o teu chocolate?
E logo a seguir:
— Não queres vir aprender uma cantiga?
Queria lá saber de cantigas. Queria era gritar. Saber onde estava a minha mãe. Ao fundo do corredor, na sala onde a tinha deixado? A atravessar a rua, do lado de lá do vidro? Dentro do automóvel a tocar a buzina? Em casa?

No escritório? Nas escadas que cheiravam ao corredor da casa da tia Magda?

> «*O pretinho Barnabé*
> *tiro liro*
> *tiro liro*
> *o pretinho Barnabé*
> *tiro liro lé.*»

Cantavam eles todos, sentados de roda sobre as almofadas espalhadas pelo chão. Batiam palmas às vezes. Um deles estava ranhoso e limpava o nariz à manga do bibe. «Porco», disse eu, vingando-me, mas acho que ele não ouviu. Não me apetecia cantar, e não podia bater palmas por causa do chocolate que apertava na mão. Mas era bom que eles cantassem. Que eles cantassem todos bem alto. Podia ser que a minha mãe ouvisse e viesse ter connosco. A minha mãe cantava melhor que eles todos. Melhor até que a que pelos-vistos-se-chamava-Amélia.

> «*A dançar partiu um pé*
> *tiro liro*
> *tiro liro*
> *a dançar partiu um pé*
> *tiro liro lé.*»

E em casa a avó Lídia ria muito, ria como ninguém era capaz de rir, e contava muitas histórias, e nada de mau me podia acontecer enquanto estivesse ao lado dela. Só que ela também não estava ali comigo.

> «*Dança agora num pé só*
> *tiro liro*
> *tiro liro*
> *dança agora num pé só*
> *tiro liro ló.*»

Levantei-me e comecei a dar voltas num pé só, mas desequilibrei-me e acabei por cair no chão, logo num sítio onde não havia nenhuminha almofada. Eles começaram a rir e nem mesmo assim a minha mãe se comoveu porque não apareceu sequer à porta a perguntar o que tinha sucedido. A que pelos-vistos-se-chamava-Amélia também não pareceu muito preocupada.

— Vê lá se queres partir um pé como o pretinho Barnabé.

Os outros começaram outra vez a rir, e eu pensei que eles eram todos feios e maus, e haviam um dia de ter orelhas de burro como o príncipe da história que a avó Lídia me tinha contado.

Depois disso não me lembro de mais nada. Só que, no final de muitas, muitas horas (apenas quatro, soube-o muito mais tarde) a minha mãe veio buscar-me e levou-me para casa. E a casa estava nesse dia muito mais clara, e havia flores nas jarras, e o corredor cheirava a maçãs, e o riso da avó Lídia era mais alegre que nos outros dias, e a chuva era muito mais bonita e mansa nos vidros do meu quarto do que nos vidros da escola. E o chocolate estava todo esmagado na minha mão e era bom.

Não sei por que me lembro agora deste meu primeiro dia de escola. Não sei por que me lembrei dele assim, com todos os pormenores, durante todo o tempo que o pai da Rita falou com ela na sala. Mas sei que, por muitas vezes, me senti como que transformada em chocolate, esmagado. com força na mão da Rita.

Capítulo 26

Quando o meu pai chegou a casa a assobiar (e não era sequer um hino patriótico) pensei as coisas mais desvairadas: 13 no totobola, a sorte grande na lotaria, a praceta já com nome decente, aumento de ordenado ao fim do mês, algum torneio de palavras cruzadas que o tivesse consagrado campeão do mundo, sei lá. Fechou a porta com estrondo (o que arrelia a minha avó Elisa quase tanto como vê-lo beber pelo pires o café entornado na chávena) e até falou com o *Zarolho*, regressado nesse dia da cave do Sr. Ling:

— Olá, seu olho vivo! Já nadou muito hoje? Ou é impressão minha ou vossemecê engordou. Assim à vista desarmada quase jurava que era um tubarão a nadar no aquário. Pelos vistos, o chinês tratou bem de si!

Até a minha avó veio ao corredor, admirada com tal discurso:
— Viste passarinho novo ou quê?
— Passarinho? Qual passarinho? Um peixe! Um peixe é que eu estou a ver. Vermelho, sem pintinhas nenhumas, com um olho só, e já com uma barriguinha de respeito. Até parece a minha. Mas a mim dizem que é da minha vida sedentária. Este passa o tempo todo a nadar de um lado para o outro. Se calhar o chinês deu-lhe arroz chau-chau!
E lá foi até ao escritório, rindo muito das suas próprias graças. Passados uns momentos chamou-nos. A todas, disse. Reunião geral. «Pelo menos um 13 no totobola», pensei. No escritório a mesa dele seria decerto o que se adivinhava estar por baixo de montanhas de papéis, mapas, folhetos, cartazes.
Olhávamos todas para aquilo sem dizermos palavra. Até mesmo a Rosa se mantinha calada, as mãos todas pintalgadas dos marcadores e do puré de ameixas que estivera a comer na cozinha. O meu pai olhou-nos, uma por uma, e em ar solene declarou:
— Para a semana é que é.
Como todas tivéssemos ficado caladas, à espera do resto do discurso, protestou, ofendido:
— Então é assim que vocês reagem? Traz um homem uma novidade destas para casa e tudo o que vê são quatro pares de olhos esbugalhados a olhar para ele? Já não digo que aplaudissem, mas pelo menos umas pancadinhas nas costas, que diabo! Não é todos os dias que se ouve uma notícia destas!
Aí a minha mãe não se conteve. Com o ar mais calmo que conseguiu arranjar, perguntou apenas:
— Mas que notícia?
O meu pai deu um piparote na papelada em cima da mesa («ai!», gemeu a Rosa, lambendo um resto de puré de ameixa no polegar), e gritou eufórico:

— Para a semana partimos para Espanha!
E logo a seguir, como se estivesse ligado a um disco que alguém tivesse posto subitamente a girar:
— Já aqui tenho tudo: itinerários, passeios programados, distâncias, orçamentos de gasolina, etc., etc. Uma semanita fora daqui ninguém nos tira, olarila!
Sem dar tempo a nenhuma de nós dizer fosse o que fosse, abriu um dos folhetos e começou a explicar, muito compenetrado do seu papel de cicerone:
— Saída de Lisboa às 7 da manhã...
(Cedinho, pensei eu.)
— ... de seguida para a auto-estrada do Norte, recta do Cabo, Pegões...
— Morre tanta gente nessa estrada! — sussurrou a avó Elisa.
— Ó senhora, cale-se lá com isso agora! — protestou a minha mãe.
— ... Vendas Novas, Montemor-o-Novo...
— Já chegámos à Espanha? — bichanou a Rosa ao meu ouvido.
— Não. Quando chegarmos, eu aviso-te — sosseguei-a.
— É por causa dos lobos — disse ela.
— Está bem — disse eu.
— ... Arraiolos...
— São tão bonitas as carpetes, bem gostava de ter uma — desabafou a minha avó.
— ... Estremoz, Elvas, Caia, formalidades de fronteira, Badajoz...
— Já chegámos — disse eu para a Rosa.
— Hum, hum — respondeu ela, continuando a lamber os dedos.
— ... Zafra, paragem para almoçar...
— Só agora? — espantou-se a minha avó, a quem as viagens dão sempre muita fome.
— ... e daí directamente para Córdova, Baena, e finalmente Granada!

Apeteceu-me dizer «olé!», perguntar pelo Manolete, mas contive-me. Entretanto o meu pai, sem o mínimo sinal de cansaço, ia visitando o Palácio do Alhambra, os Jardins do Generalife, e quando demos por ele tinha chegado a Sevilha. Aí o caso fiou mais fino, que é como quem diz, o discurso saiu bastante mais apurado. Espetou o dedo, aclarou a voz, e atirou:

— Quarta cidade espanhola e primeira das oito capitais andaluzas, Sevilha transmite-nos ainda hoje, através da etnografia e do folclore, as raízes dos vários povos que aqui viveram, nomeadamente o povo árabe. A sua catedral, a mais ampla de toda a Espanha, construída sobre as fundações da velha mesquita...

— Poupa-nos! — gemeu então a minha mãe, que já não aguentava mais tanto viajar. Se fosse a Maria do Céu, acho que já tinha vomitado para cima de nós, no meio de tanta curva e contracurva.

O meu pai começou a rir, mas logo retomou o ar grave de cicerone encartado.

— Calma, minha senhora! Calma, que já só falta o circuito panorâmico da cidade, com a indispensável visitinha ao Bairro de Santa Cruz, à Giralda, ao Parque de Maria Luísa, ao Cemitério de S. Fernando...

— Então a gente vai a Espanha para ver cemitérios? Já não bastam as desgraças que temos por cá? — protestou de novo a minha avó. — Mortos é o que não falta no Alto de São João.

— Mas estes são mortos ilustres, mãe! São grandes toureiros.

— Eu até nem gosto de touradas, calha bem! A única vez que fui a uma tourada, o pobre do touro morreu de congestão no meio da praça, coitadinho!

— Pronto, está bem, se não quiser ir ver o cemitério não vá, mas olhe que está lá enterrado o Joselito!

— Joselito só conheço um miúdo que cantava na rádio já há uma data de anos.

— Não é esse, claro. Este que eu digo foi um grande toureiro.
A minha avó encolheu os ombros e decidiu não pôr mais entraves ao circuito panorâmico da cidade, que ela decerto antevia já a abarrotar de toureiros em *traje-de--luces* por todas as esquinas.
Mas o meu pai já tinha entendido que os seus dotes de cicerone estavam a ser ali imperdoavelmente desperdiçados diante de uma multidão de quatro incrédulas, para quem a Espanha não devia ter outro encanto para lá do *flamenco* e das castanholas. Fechou livros e folhetos, assim com aquele ar que ele arranja sempre quando, nas palavras cruzadas, lhe escapa a palavra exacta, com duas letras, para «tratamento dado na China a certas pessoas», ou para, com quatro, «gorgulho tropical». Acendeu calmamente o cachimbo e rematou:
— Está decidido. Desta é que Espanha não nos escapa.
A Rosa saltou de contente, não porque entendesse muito bem o que se passava, ou porque estivesse em ânsias por conhecer a Espanha, mas apenas porque ela acha que deve sempre ficar muito contente quando as conversas acabam. Deu três corridas pelo quarto, conversou com os seus cabritinhos naquela linguagem que só eles entendem e, à conta de Espanha, comeu mais meia dúzia de colheres de doce de ameixa.
Todas nós ficámos muito contentes. Como costuma dizer o Sr. Guerreiro quando vem cá arranjar alguma torneira ou algum cano e aquilo não lhe sai logo à primeira como ele quer, a Espanha parecia «ter enguiço no corpo».
Senti pena de deixar a Rita, numa altura em que eu sabia que ela havia de gostar que eu estivesse junto dela. Mas nem por um momento me passou pela cabeça falar nisso ao meu pai. Então é que havia enguiço, com certeza. Comecei apenas a pensar na melhor maneira de lhe dizer que iria estar longe por algum tempo. É claro

que eu não tinha culpa nenhuma. Mas, por mais que eu tentasse convencer-me disso, sentia-me assim como se eu fosse a Rosa, apanhada a comer compota às escondidas.

Capítulo 27

Tínhamos descido a rua devagar, como só se desce uma rua quando se está de férias e se pode saborear bem as pedras, as pessoas que se cruzam connosco, o cheiro diferente das esquinas, os nomes nas placas, o rio no fim de tudo.

Tínhamos descido a avenida, tranquilamente. Depois da chuva que tinha caído, havia agora uma luz boa, talvez a querer fazer-nos acreditar que, embora não parecendo, se estava mesmo no Verão, segundo o calendário.

A Susana parava em todas as montras da Baixa, sonhando com grandes festas, vestidos a arrastar, talvez até com sapatinhos de cristal como os da Gata Borralheira que, infelizmente, até nem eram de cristal mas de cabedal. Cabedalzinho puro, tal qual as nossas botas de

Inverno. Aqui há dias contei isso à Rosa. Ficou tão ofendida comigo, gritou tanto, barafustou tanta raiva, que nunca mais me atrevi a repor as versões verdadeiras das histórias. De cristal, pois claro. Estava-se mesmo a ver que só podiam ser de cristal. Que diabo, de que servia então ter fadas por madrinhas se elas nos dessem sapatos como os de toda a gente.

— Gosto muito de vir à Baixa sozinha — disse a Susana.

— Obrigadinha pelo elogio, já podias ter dito há mais tempo que a minha companhia te incomodava assim tanto — disse eu.

— Não sejas parva. Quando digo sozinha quero dizer sem a minha mãe ou alguma das minhas infindáveis tias e primas. Contigo é como se viesse sozinha. Com elas é que nunca posso parar nas montras que me apetece ver, e às vezes passo horas sem fim diante de outras que não me interessam para nada.

Dei uma risada, não porque achasse assim muita graça ao que a Susana estava a contar, mas apenas porque me lembrei do meu pai que tem uma louca paixão por todas as montras onde estejam parafusos, porcas, fechaduras, chaves e coisas assim. Já o vi com ar verdadeiramente beatífico parado durante mais de um quarto de hora a admirar uma montra cheiinha de alicates. Enfim, cada qual tem os seus gostos e, como diz a minha avó Elisa, «se todos gostassem do azul, que seria do amarelo».

O pior de tudo é que, com tanta montra para olhar, a gente já começava a estar atrasada. Não é que tivéssemos assim muito que fazer, nem um sítio onde chegar a horas certas, mas a Susana tinha dito em casa que voltava antes das cinco horas, e eu bem sabia como eles eram quando ela se atrasava cinco minutos que fosse.

— Acho melhor andarmos mais depressa, olha as horas para ti — disse eu.

— Deixa lá, depois apanhamos o metropolitano e

num instante estou em casa — disse ela, passando para a outra mão o saco de plástico onde levava os livros e os cadernos que comprara para a Maria do Céu.
— Para a semana vou a Espanha — disse eu, de repente. Ela não se mostrou admirada. Continuou a andar e a olhar, vagarosa, para as montras.
— Não é feia — disse, ao fim de alguns minutos.
— O que é que não é feia? — perguntei.
— A Espanha, o que havia de ser!
— Ora essa, podia ser a montra que estás a ver, ou qualquer coisa nela — respondi.
A Susana riu, abandonando os caracóis como sempre acontece quando se ri. Por isso eu gostava tanto de ter também caracóis, como ela, para eles abanarem todos de cada vez que eu me risse. Assim como aquelas raparigas de largas cabeleiras que anunciam champôs nos cartazes e nos filmes da televisão. Confesso que já experimentei alguns deles, mas nunca os meus cabelos ficam como os delas. Nem consigo aquele ar estupidamente feliz que elas têm, como se acabassem de entrar no paraíso.
— Não desgosto de Espanha, mas gosto mais de França e de Itália. Para mim a Itália é o país mais bonito que existe. Não me importava nada de lá viver sempre.
Lembro-me, de repente, da mala enorme que a Susana tinha levado para o acampamento, toda ela cheia de rótulos de hotéis e de restaurantes com estranhos nomes. Não era brincadeira. Ela tinha mesmo estado lá. Tive uma estranha sensação não sei se de vergonha ou se de outra coisa qualquer. Não sei mesmo. Vergonha da minha excitação toda por ir afinal a um sítio aqui tão perto, tão banal. Vergonha — sei lá! — por nunca lá ter ido, enquanto a Susana falava de outros países com a mesma naturalidade com que eu falava de paragens de autocarros. Vergonha por imaginar coisas maravilhosas para a viagem, enquanto a Susana tinha apenas dito «não desgosto». Ou seja: gosto, só para te fazer a vontade.

Tive um bocadinho de raiva da Susana, que assim me estava a estragar o prazer da viagem há tanto tempo sonhada, fosse longe ou perto. Raiva de tudo o que ela já tinha visto, de todos os países por onde já tinha andado, de todas as pessoas que já conhecia, das línguas estranhas que já ouvira falar a seu lado. E raiva também dos caracóis, que abanavam sempre que ela ria. Sabia que não tinha razão nenhuma para sentir raiva, mas parecia que quanto mais o sabia, tanto mais ela crescia cá por dentro. Mas decidi fazer-me forte:

— Quantos países conheces tu?

Ela encolheu os ombros:

— Se queres que te diga, nem sei. Muitos.

Voltou a rir (ai aqueles caracóis, Santo Ambrósio!) e disse:

— Conhecer, é uma maneira de dizer... Conhecer, o que se chama conhecer, acho que nem Portugal conheço. O meu pai pensa que o simples facto de pisar a terra de uma cidade é o suficiente para ficar a conhecê-la. O ano passado, durante as férias, num só dia fomos à Bélgica e à Holanda. Como aquilo era tudo perto, não valia a pena perdermos mais tempo. Foi o que o meu pai disse. E a minha mãe concordou, claro, que também de nada lhe servia não concordar. Lembro-me que bebemos um café a escaldar numa praça de Bruxelas, o meu pai olhou em volta, tornou a entrar no carro e disse para o motorista: «seguimos caminho». «Então e a Bélgica?», perguntei eu. «A Bélgica é isso», disse ele, «que esperavas tu que fosse?» Voltou-se para a minha mãe: «está visto». E a minha mãe recostou-se no assento do carro e disse com ar satisfeito: «mais um país que a gente ficou a conhecer!» E o automóvel arrancou. É assim que a gente viaja. E depois, quando chegamos a casa, dizemos às tias, às primas e aos amigos que conhecemos a Bélgica, a Holanda, a Suíça, a França, sei lá que mais. E até mostramos postais ilustrados e os carimbos no passaporte. Por isso para mim a Bélgica é uma praça cinzenta num céu enevoado, com um café amargo a escorregar-me pela garganta abaixo. Connosco as viagens são sempre assim. E cheias de discussões, claro, porque a minha mãe quer sempre comprar mais um vestido, mais uma carteira, mais uns sapatos, e o meu pai grita que ela o quer arruinar, e que se julga que casou com o Banco de Portugal está muito enganada.

De repente dou comigo a pensar se a Susana será mais feliz do que a Rita, só por viver com o pai e a mãe na mesma casa. Mas logo começo a pensar noutra coisa, e sorrio com todas estas viagens da Susana. Não me parecia nada que o pai dela se entusiasmasse com o programa que o meu pai traçara para a nossa. Se, através dele, iríamos ficar a conhecer Espanha, isso eu também não sabia. Acho que nem estava lá muito certa que o fosse. Mas que iria ser bem mais divertido, disso não duvidava um instante. Tinha sido bem tola com as minhas raivas, mas que diabo, uma rapariga não é de pau!

E aqueles caracóis da Susana, Santo Ambrósio!, é que tinham tido a culpa. A culpa toda.

Capítulo 28

Estávamos os três no restaurante, olhando-nos, ainda sem palavras. Era isto que a Rita temia. Era por isso que eu ali estava. E no entanto que podia eu fazer? Enquanto vamos olhando para a ementa (que aqui se chama, em letras douradas sobre couro castanho, *menu*), vem-me de repente à ideia que nunca antes o pai da Rita nos tinha convidado para almoçar fora. Lá estás tu a imaginar coisas, diria a minha avó Elisa se aos seus ouvidos chegasse o que eu agora penso. Claro. Devo ser eu que estou a imaginar coisas. De resto o importante é estarmos aqui os três, neste restaurante onde todos falam em voz baixa. E os empregados nos tratam como se tivéssemos 50 anos. Quase receio que até me chamem *madame*, como em certos lugares fazem com a minha mãe, o que a deixa furiosa.

Olho a ementa. Espalha-se por duas enormes folhas de papel a fingir pergaminho, e dá os mais estranhos nomes ao que vulgarmente se chama bife com batatas fritas.

Quando a Rita me recordara o almoço de sábado, eu tinha dito que não. Que fosse só ela. Que o pai havia de gostar mais. Tinha-me convidado porque era pessoa bem--educada; só por isso. Ela respondeu com argumentos estúpidos, eu respondi com argumentos estúpidos, e lá ficámos a um canto do meu quarto, amuadas. Eu sabia que ela queria dizer outra coisa para lá das palavras tolas. E ela também sabia. Nestes últimos tempos eu sentia que estávamos as duas a fugir às palavras certas. E se isso continuasse por mais tempo eu tinha a certeza de perder a Rita. Ela havia de se transformar naquelas amigas que enchem as festas da Susana, que dão beijos na cara por tudo e por nada, mandam prendas caras no dia de anos, cartões de Boas-Festas no Natal e na Páscoa. Amigas envelhecendo com o rosto e a voz da tia Magda, murchando entre estrelícias.

— Estás com medo? — perguntei de repente, eu própria espantada com as minhas palavras e sem sequer as entender muito bem.

— Não — disse a Rita —, medo de quê? O meu pai não me come. Pode ter muitos defeitos, mas ainda não chegou a antropófago. Não tenho medo nenhum.

— Ninguém nos vai matar, pois não?

— O quê?

— Nada, não faças caso. Era uma coisa que costumava dizer a minha avó Lídia para me dar coragem.

A Rita sorriu. Sentou-se e levantou-se do sofá não sei quantas vezes (a *Zica* estava, felizmente, bem longe das suas mãos), chamou gatafunhos aos cabritinhos desenhados pela Rosa na parede, o que, evidentemente, pôs a minha irmã roxa de fúria, e até implicou com o pobre do *Zarolho*, pacificamente a nadar no seu decímetro cúbico

de mar, completamente ignorante do seu nome de imperador romano.
  Acabou por voltar a sentar-se ao pé de mim.
  — Tens razão. Estou cheia de medo. Não sei o que lhe hei-de dizer, não sei o que lhe hei-de responder...
  — Responder a quê? Tu ainda nem sabes se ele te vai perguntar alguma coisa!
  — Claro que vai. Há-de querer saber como vão as coisas em casa, como vai a mãe, o que é que a gente diz e faz, onde é que a gente tem ido, quem nós temos visto ou não temos visto, quem nos escreveu, quem nos telefonou, quem adoeceu, quem ficou bom de repente, quem nasceu, quem morreu, eu sei lá. E eu hei-de ficar parada a olhar para ele enquanto ele fala. Sempre tem sido assim.
  — Se sempre tem sido assim, é da maneira que ele já não vai estranhar.
  — Pois é, mas eu sei que eles agora querem que eu seja diferente. Querem que eu fale, que eu conte coisas. Eu tenho tentado, tu sabes que tenho, mas às vezes custa. E quando não consigo, olham para mim com ar compungido e é muito pior. Já no outro dia com a minha mãe foi a mesma coisa. Eu não me apetecia falar. Não era por nada, era só porque não me apetecia. Nunca fui de grandes falas, tu sabes. E eles também sabem. De resto não estavam sempre a meter-me pelos ouvidos dentro que uma menina bem-educada só fala quando falam com ela? Só responde quando alguém lhe pergunta alguma coisa? E sobretudo não me ensinaram eles que uma menina bem-educada não se deve meter em conversas de adulto? Será que, de um dia para o outro, me tornei adulto? Não me apetecia falar, era só isso. Pois a minha mãe levou a tarde inteira a lastimar-se que eu agora andava triste e a chorar pelos cantos por causa da separação deles, e que eu já não gostava dela, e mais isto e mais aquilo.
  Sorriu, assim como quem toma fôlego.

— Olha, acabei por ser eu a consolá-la.
Tornou a levantar-se do sofá. Esborrachou o nariz no vidro da janela, e olhou lá para fora.
— Esta rua nunca mais tem nome. Ainda um dia vão acabar por lhe dar o teu, vais ver.
Lá estava ela, de novo, a fugir às palavras. Mas não por muito tempo, desta vez.
— Vais comigo amanhã, está bem? Duas já aguentamos melhor.
Ainda disse que não mais algumas vezes. Não muitas, mas algumas. Ela insistia sempre.
E agora estamos aqui os três, no restaurante afinal escolhido pelo pai da Rita, com a ementa (que aqui se chama, em letras douradas, *menu*) diante de nós, enquanto, solícito, o empregado espera, de papel e esferográfica na mão, que a gente escolha o que vai comer. Apetecia-me encomendar meia dúzia de palavras certas, daquelas exactas palavras que um pai quer ouvir da sua filha e que uma filha quer ouvir de seu pai. Apetecia-me pedir ao empregado que trouxesse para a nossa mesa uma travessa inteira daquelas festas que quase sempre se fazem a medo, não vá o outro pensar que estamos a ser tolinhos.
Mas essas coisas não constam da ementa, mesmo que se chame *menu* e tenha letras douradas e papel a fingir pergaminho. E uma capa de cabedal castanho, como as lombadas dos livros nas bibliotecas. Ou como os sapatos da Gata Borralheira.
Entretanto o pai da Rita já tinha escolhido o que queria para si. O empregado escrevia tudo no papel.
— E o que vai ser para as meninas?
Respirei fundo: não nos tinha chamado *madame*.
A Rita encolheu os ombros:
— Para mim pode ser a mesma coisa. E para ti?
— Também.
Respondi, esperando que eles não tivessem percebido que eu não tinha ouvido nada do que tinham dito.

Esperando, sobretudo, que não tivessem tido a ideia de terem pedido fígado, que é coisa que eu não posso ver à minha frente.

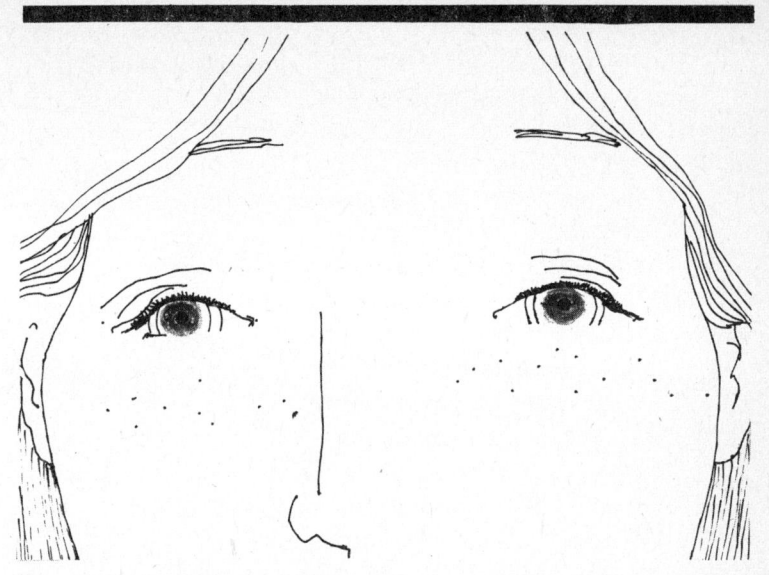

Capítulo 29

— Esse bife não está cru?
— Não. Gosto dele assim, mal passado. Parece que a carne crua é boa, tem muitas vitaminas. Já li isso não sei onde.
— Parece que sim, parece que faz bem, desde que não seja carne de porco, claro, por causa dos germes.
— Pois é.
— Eu, quando era miúdo, também gostava de comer carne crua. Mas mesmo crua. Aproveitava quando ninguém via, e lá metia o seu bocado à boca. E também gostava de bacalhau cru.
— Eu nem cozido, quanto mais cru!
— Não gostas de bacalhau?
— Nem vê-lo, nem cheirá-lo!

— Tem graça, nunca tinha dado por isso. Sempre me pareceu que comias de tudo, que gostavas de tudo.
— A mãe obriga-me. Mas gostar não gosto. Acho que gostar, gostar mesmo a sério, só de bife com ovo estrelado e batatas fritas.
— Não se pode dizer que sejas muito original...
— Pois não.
— Sais à tua mãe. Quando íamos a um restaurante escolhia sempre o mesmo prato. Mesmo que eu insistisse, nunca mudava. Como está ela?
— Acho que está bem. Foi ontem comigo aos saldos. Comprou-me uma calças.
— São essas que trazes hoje?
— São.
— Gosto delas. São da cor dos teus olhos.
— Os meus olhos são verdes, pai.
— Verdes? Deixa cá ver. São esverdeados, são. Ia jurar que eram castanhos como os meus. Desde o dia em que nasceste que toda a gente diz que és o meu retrato, tal qual.
— Menos nos olhos. Nos olhos saio à mãe, dizem.
— Tens mesmo a certeza que esse bife não está cru de mais?
— Tenho.
— É que se podia pedir ao empregado e ele levava lá dentro à cozinha para passar melhor. Não custa nada.
— Eu sei, pai. Mas não quero, gosto dele assim.
— Tu é que sabes.
— E também comprei uma blusa.
— Quando?
— Ontem, nos saldos. A mãe diz que agora só nos saldos é que se pode comprar roupa. Sobretudo para mim que estou a crescer e tudo deixa de me servir num instante. Aqui para nós, acho que a mãe não gosta lá muito dos saldos. Diz que é uma grande confusão, uma grande aldrabice, e que depois anda toda a gente vestida de igual.

— Lá que é uma grande confusão, é, tens de concordar.
— A quem o dizes. Ontem, quando escolhia estas calças, estava eu a puxar só uma perna e outra senhora a puxar pela outra, que se elas não fossem resistentes tinham-se rasgado logo ali ao meio que nem o menino do Salomão.
— Esse não se chegou a rasgar ao meio, coitado.
— As minhas calças também não, como se prova. Mas aquela gente parecia toda louca. E se visses os embrulhos que levavam à saída. Era como se quisessem levar a loja inteira. Ou como se tivessem medo que as coisas acabassem de vez, de um momento para o outro.
— E é que acabam mesmo. Os saldos não se fizeram para outra coisa. É preciso vender tudo. Até o que não presta. Sobretudo o que não presta. Nesta sociedade nada se pode perder. Nem mesmo o que não presta. E as pessoas acabam por comprar tudo.
— Estás a dizer-me que as minhas calças não prestam?
— As tuas calças são lindas, porque tu tens a cabeça no lugar e não compras o que primeiro te cai nas mãos.
— A mãe também ajudou. Sobretudo a escolher a blusa. Vesti para aí uma dúzia antes de acertar com o tamanho e a cor que eu queria.
— É boa agora para o Verão. Que eu cá nem me lembro que estamos no Verão, com este tempo. Se me dissessem que era Outono ou Inverno, não me custava nada a acreditar.
— A avó da Mariana diz que o tempo anda todo mudado por causa dos astronautas que andam a mexer na Lua.
— Desculpa lá, mas esse bife está cru de todo. Tens mesmo a certeza de que não o queres mandar passar mais?
— Não quero, pai, está muito bem, tal qual como eu

gosto. Se não tenho assim muito apetite é porque estamos no Verão e eu tenho sempre pouca fome durante o calor.
— E tu chamas a isto calor? Ainda tenho três cobertores de lã na cama. E só não ponho saco de água quente porque ele rebentou há dois ou três dias e ainda não tive ocasião de comprar outro.
— Uma vez o meu saco de água quente também rebentou na minha cama e molhou tudo, e quase me queimava. O que eu chorei.
— Quando foi isso?
— Sei lá, era eu pequena. Mas nunca me esqueci.
— O pior é que a roupa da cama fica toda encharcada, tem de ser mudada, é uma complicação.
— O pior é que a mãe ralhou comigo e não tinha razão nenhuma.
— Devia estar aborrecida com outra qualquer coisa.
— Pois devia. Mas eu não tinha culpa e ela sabia.
— Se calhar é por isso que tu ainda hoje te lembras disso.
— Se calhar é, não sei. Se calhar é só porque eu tenho excelente memória.
— Achas que daqui a muitos anos também te vais lembrar deste almoço, desse bife meio cru, destas tolices todas que dizemos um ao outro?
— Acho que sim.
— Porquê?
— Porque é a primeira vez que estou contigo num restaurante sem a mãe.
— E isso é assim tão mau para nunca mais te esqueceres?
— A gente não se lembra só de coisas más. Estar aqui contigo é muito bom. Mesmo que só se digam tolices.
— Mesmo que o bife esteja cru?
— O bife está óptimo! Ou melhor: estava.
— Queres doce?

— Não. Só uma maçã.
— Bem vermelha, como a tua blusa.
— Não gostas da minha blusa?
— É linda a tua blusa, são lindas as tuas sandálias, é lindo o teu saco.
— Chega, chega, também não é preciso exagerares!
— Não estou a exagerar. Estás linda. Acho que nunca tinha reparado que eras tão bonita.
— Nem que os meus olhos eram verdes.
— Nem que os teus olhos eram verdes.
— Como os da mãe.
— Como os da mãe.

Capítulo 30

Os astronautas, claro, e por que não? Eles ou outros, já que é tão confortável encontrar, para tudo, um culpado. Para a avó Elisa os astronautas, pois claro. Andam lá por cima e baralham tudo, diz ela. Fácil, fácil. Estica-se muito o indicador (no longe da escola velha, a voz da Amélia: «não se aponta que é feio» — para quem? Para mim? Para o Gil, sempre ranhoso? Para a Vanda, que me puxava os cabelos? Para o Pedro António, que trazia sempre um lacinho vermelho na gola do bibe? Para a Rita, então ainda ignorante de dias difíceis? Tanto faz. Lembro-me, é só isso) e diz-se: foram eles. Os astronautas ou outros quaisquer.

Para o *Zarolho*, por exemplo, o culpado de tudo deve ser o *cyclochaeta*. Culpado dos seus pontos brancos pelo

corpo inteiro espalhados, da quarentena de quinze dias, da dose de sal diariamente reforçada na sua água sempre tão doce, do azul de metileno lançado em pequenas gotas, dias a fio, sob o interminável sorriso do Sr. Ling.
    Para mim, há dias, os culpados tinham sido os caracóis da Susana.
    Para o pai da Rita o culpado de tudo é o tempo. Coisa sem rosto e sem forma a quem é difícil pedir responsabilidades. O tempo que nunca chega para a gente fazer o que quer. Ou que chega quando já não é preciso, como as cartas de amor do Sr. Ernesto. O tempo. Melhor ainda que os astronautas e o *cyclochaeta*. Porque sobre ele se pode descarregar o peso todo das culpas todas. Da chuva em tempo de sol e do sol em tempo de chuva. Das sempre desistidas viagens a Espanha. Da hepatite da Maria do Céu. Da separação dos pais da Rita. Da doença do *Zarolho*. Das minhas raivas. Dos barulhos da casa. Do novo trajecto do 38. Desta praceta ainda sem nome.
    E a gente respira fundo, muito fundo: nada foi por nossa culpa, que bom. Tudo aconteceu por culpa dos astronautas, ou do *cyclochaeta*, ou do tempo, ainda bem, que alívio.
    Olho para a Maria do Céu, deitada neste divã estreito e penso que, afinal de contas, deve haver com certeza outro culpado para lá do tempo. Porque não é justo que ela esteja aqui nesta casa desconfortável, suja e velha, onde as pessoas ralham e têm nódoas nos fatos, e devem dinheiro, e passam a vida a trabalhar em coisas de que não gostam. Porque ela devia estar numa casa alegre e com janelas por onde o sol entrasse logo de manhã.
    Todas estas coisas me parecem muito complicadas. Às vezes começo a pensar em tudo isto e não consigo entender lá muito bem. Quando for mais velha é possível que estas coisas me pareçam fáceis de compreender, sem importância até. Mas neste momento são importantes, muito. E nunca hei-de esquecer isso, por muito velha que

seja, por muitos dentes de ouro que tenha, por muitas fitinhas de veludo que use ao pescoço, por muito insignificante que tudo isto então me pareça.
— Estás hoje muito calada — diz a Maria do Céu.
— Estava a pensar.
— A pensar em quê?
— Ora, em tanta coisa.
(Em ti, por exemplo, e nesta casa, e na menina Dulcineia lá dentro debruçada sobre o tanque — poderia ter dito, mas não disse.)
— Quando eu estou assim muito calada a minha mãe diz que estou a pensar na morte da bezerra — riu a Maria do Céu.
— A minha avó Elisa costuma dizer que a pensar morreu um burro. Anda tudo por lá perto, já vês. A gente pensa em coisas muito profundas, muito importantes, e a nossa família só se recorda de animais. Ora são os burros ora são as bezerras. Como dizia a minha tia Magda, este mundo está cheio de gente ingrata!
A Maria do Céu riu com vontade, até parecia a Rosa quando era muito pequenina e eu lhe chamava «tontinha» e ela ria, ria até quase se engasgar.
Ouço o barulho de uma chave que se mete à porta.
— É a minha mãe — disse a Maria do Céu, parando subitamente de rir e tentando sentar-se melhor na cama.
A mãe da Maria do Céu entrou no quarto, ainda de casaco vestido e com um saco de plástico na mão. Parecia muito mais velha do que deveria ser. Parecia quase a minha avó Elisa. Ou aquelas mães que, na escola do ciclo, apareciam sempre no primeiro dia de aulas, e gritavam muito, e barafustavam, e ficavam com as caras vermelhas do calor e das tareias prometidas aos filhos. Penso na minha mãe e sei que ela não há-de envelhecer nunca. Pelo menos assim, como estas outras mães que eu conheço e que aos 30 anos parecem ter 60. Penso na

minha mãe e sei que ela há-de ter sempre a idade que eu quiser que ela tenha, e isso é bom.
— A menina desculpe, não repare nesta desarrumação, que isto é assim mesmo, quando uma pessoa trabalha fora de casa não pode deitar mão a tudo. Que eu bem tento, claro, mas com dois homens em casa o que é que se espera, não é? Este chão está a precisar de ser encerado, os vidros não vêem água há que meses, mas eu não tenho quatro braços nem dinheiro para pagar a uma mulher-a-dias, e a gente não pode exigir nada da nossa hóspede que refila logo que não é nossa criada e tem razão...
Ia falando, falando sempre, tal qual como acontecera ao telefone, olhando para todos os lados, andando para cá e para lá no quarto, sempre de casaco vestido e sem largar o saco de plástico. As pessoas que pedem desculpa por tudo e por nada irritam-me sempre um bocado. Além do mais eu não percebia por que razão a mãe da Maria do Céu havia de me pedir desculpa. Eu não percebia por que é que a mãe da Maria do Céu havia de pensar que eu me ofendia tanto por ver (não tinha visto sequer) que o chão e as janelas estavam sujos.
De repente comecei a pensar que aquela era a maneira de a mãe da Maria do Céu dizer que também ela não era culpada de nada. Nem do chão sem cera. Nem dos vidros sem água há semanas. Nem da casa desarrumada. Nem da filha doente. Nem das nódoas da bata da menina Dulcineia.
— ... a menina não repare, que a gente anda o dia todo numa lida e depois quando chega a casa já não dá vontade de fazer mais nada senão descansar um pouco os pés e o corpo. É jantar, ver um bocado de televisão e pronto. Que eu cá, ainda no outro dia dizia ao meu Cristóvão que a televisão é a única distracção que tenho. Isto porque ele estava a mandar vir comigo, a dizer que em vez de estar para ali refastelada melhor seria se fosse

tratar das camisas dele, que uma delas estava sem botão há três dias, que isto os homens são uns egoístas, ele para ali sentadinho mas aqui a escrava é que tem de fazer o trabalho todo. Por isso é que eu lhe disse que ao menos não me tirasse a televisão. Já que a gente nunca tem dinheiro para um cinema, para um passeio, ao menos a televisão. «Para ver essas porcarias bem melhor seria ires dormir», foi o que ele me respondeu. Porcarias ou não, quero ver. É claro que acabo sempre por adormecer diante do televisor, mas isso também é do cansaço.

E logo de repente, no mesmo tom, como se tudo se encadeasse perfeitamente:

— Tomaste os remédios todos, Ceuzinha? Ai que ralação, minha Nossa Senhora, só me faltava agora mais esta doença em casa. Não há nada que não me aconteça, até parece que alguém me rogou alguma praga. Que a gente não acredita nestas coisas, mas às vezes parece que anda tudo doido, que ninguém se entende, que todas as coisas más nos caem em cima assim de um dia para o outro.

Acabou por sair do quarto tal como tinha entrado, casaco vestido, saco de plástico na mão, barafustando contra tudo e contra todos, enquanto a Maria do Céu olhava para ela sem dizer nada. E quem poderia dizer alguma coisa no meio de tal avalanche de palavras?

— E se a gente fosse jogar às palavras? — propus eu, não porque isso me apetecesse por aí além mas porque era preciso dizer alguma coisa e aquilo foi o que consegui encontrar naquele momento. Mas a Maria do Céu deitou-se de novo para baixo, puxou a roupa quase até ao pescoço e disse:

— Desculpa, mas não me apetece jogar. Dói-me um bocado a cabeça.

Pela casa começava já a espalhar-se um cheiro a fritos que enjoava. Um cheiro que bem se podia juntar aos astronautas, ao *cyclochaeta*, ao tempo, na longa lista dos culpados de tanta coisa má.

Capítulo 31

Depois do almoço no restaurante não voltara a falar com a Rita. Eu mal tinha aberto a boca, e de resto não era para conversar que tinha ido com ela. Assistira à conversa entre os dois, e mais uma vez sentira que a Rita tinha crescido muito, que a Rita estava, como o pai dela dizia, uma mulher. Às vezes pensava em mim ao pé dela e achava que só ela tinha crescido, que eu continuava na mesma, capaz de achar graça e de me divertir com brincadeiras que decerto a ela já nada diziam. Não via a Rita, ali tão segura de si a conversar com o pai, a correr atrás de imaginários espiões, ou a rir à gargalhada no meio de tendas que se armam e desarmam sobre as nossas cabeças.

De um dia para o outro, a Rita tinha aprendido muita

coisa, tinha descoberto o exacto sentido de muitas palavras, de gestos novos. Sempre a tinha conhecido com medo do pai. A minha avó Elisa chamava-lhe respeito, mas não era de respeito que se tratava. Era medo, só isso. Medo que ele ralhasse, medo que ele não concordasse, medo que ele lhe desse uma bofetada, medo que ele gritasse. Agora, de um dia para o outro, a Rita tinha perdido o medo todo. A Rita — eu via — tinha descoberto que não valia de nada ter medo. E isso tornara-a, aos meus olhos, numa mulher a sério.

Quis dizer-lhe isso mal a vi entrar em minha casa, alguns dias depois. Mas é sempre difícil a gente dizer essas coisas. Ela parecia bem-disposta. Olhou para o aquário:

— O *Zarolho* já está mesmo bom de todo? Já agora podias ter aproveitado e mandado pôr um olho de vidro. Sempre ficava mais estético.

— Mais respeitinho, ouviu? Olhe que está a falar de um *Cassius Auratus*, e não de um peixe qualquer!

— A falar de quê???!!! — disse ela, assim mesmo, com muitos pontos de interrogação e de exclamação na fala.

— De um *Cassius Auratus*. É assim que ele se chama, fica sabendo. Deve descender de algum imperador romano, com certeza.

— Imperador ou não imperador, já está mesmo bom de todo?

— O Sr. Ling disse que sim.

— Ainda está para chegar o dia em que o Sr. Ling diga que não — exclamou a Rita, rindo para o *Zarolho*.

— Mas desta vez era sim mesmo de verdade. Sim com a cabeça e com a boca. Tivemos sorte. O Sr. Guerreiro diz que a maior parte das doenças dos peixes são mortais.

Mas a Rita já não estava interessada em histórias de peixes. Sentou-se no chão e agarrou-se a uma almofada. Antes isso que a *Zica*, pensei.

— O meu quarto tem as paredes pintadas de creme. A cama é de ferro branco e tem uma colcha às flores e muitas almofadas em cima.

Olhei para ela um pouco admirada. De repente pareceram-me aquelas frases tolas do livro de ensinar espanhol à pressa que eu tinha lá em casa. Depois pensei que o quarto da Rita não era nada assim como ela estava a dizer. A cama era castanho-escura, tal como a cómoda e o guarda-fato, com uma colcha de renda que tinha custado não sei quantos contos de réis e por isso nem pensar em sentarmo-nos em cima dela. Pelo menos era sempre isso que mãe dela dizia.

— É bonito o meu quarto. Já lá dormi esta noite.

Compreendi então que tinha sido muito estúpida. Era mais que evidente que a Rita se referia ao quarto em casa do pai. Agora que ela tinha dois quartos, em duas casas diferentes.

— E dormiste bem? — perguntei. Era uma pergunta estúpida, eu sabia, mas não consegui dizer senão isso. Ela também percebeu. Riu-se:

— Não tive pesadelos, se é isso que queres saber. Também não tive sonhos especiais, é verdade. Mas dormi bem. Sabes...

Parou um pouco, a arranjar coragem para o resto das palavras.

— Acho que o meu pai está diferente. Isto pode parecer estúpido, não te rias do que vou dizer, mas é assim como se o meu pai tivesse crescido, sabes? A gente em criança faz muitos disparates porque não percebe bem as coisas e depois quando cresce é que entende os disparates que fez. Com ele é assim um bocado. Parece que deixou de ser criança e agora entende tudo de maneira diferente. É bom ter um pai crescido, sabes. Dá mais segurança à gente. Pode-se conversar sem medo que venha uma birra, um amuo. Lembras-te da Filipa?

A Filipa era uma das nossas amigas da escola primá-

ria que eu já não via desde esse tempo. Acenei com a cabeça, sem falar, pois claro que me lembrava da Filipa.
— Encontrei-a no outro dia. Os pais dela também se separaram. Mas disse-me ela que o pai saiu sem dizer nada a ninguém. Um dia ela chegou do liceu e o pai já não estava em casa. Tinha feito a mala de manhãzinha, e ala que se faz tarde, sem dar cavaco a ninguém. É por isso...
Mais uma paragem. E um silêncio de segundos que parecem minutos ou até horas intermináveis, e eu a dizer de mim para mim, «continua, Rita, não tenhas medo das palavras, não as engulas, não as cales, não tenhas vergonha», e ela depois:
— É por isso que eu digo que o meu pai cresceu. Porque ele também podia ter feito o mesmo que o pai da Filipa. Nada o impedia. Talvez até fosse mais fácil para ele: evitava as despedidas, as palavras, as justificações. E no entanto esperou por mim, falou comigo. Sabes uma coisa? Acho que só agora é que eu começo a sentir que é bom ter um pai. Por isso é que eu não suporto aquelas pessoas que olham para mim como se me tivesse acontecido a maior desgraça do mundo. De repente descubro que o meu pai é um homem bom, uma pessoa que se preocupa comigo, e as pessoas ficam com ar desolado e chamam-me coisas tolas. Mas como é que eu lhes explico isto, diz-me lá?
— E a tua mãe? — pergunto eu. Porque a Rita raramente falava da mãe nestes últimos tempos. Encolheu os ombros e sorriu:
— O mal da mãe é precisamente estar rodeada de gente dessa. Gente que passa a vida a meter-lhe pelos ouvidos dentro que ela é uma desgraçada, sem marido e com uma filha para criar. Como se o meu pai tivesse morrido e eu acabado de nascer. Ou como se a minha mãe não pudesse voltar a casar. Ao princípio isso fez-lhe muito mal. Agora está bastante melhor. Pelo menos,

como ela diz, «isto agora é um sossego de casa, acabaram-se as discussões e as portas a bater». E têm ambos uma coisa boa: não mandam as culpas um para cima do outro. Porque a Filipa diz que a mãe passa o tempo a chamar nomes ao pai e vice-versa. Já imaginaste que inferno deve ser o dela?

Não imaginava, claro. Coisas dessas a gente imagina sempre ou de mais ou de menos, e nunca como elas são na realidade. Mas fiz que sim com a cabeça (até parecia o Sr. Ling, lá no seu mundo de peixes) para não desiludir a Rita.

— Já sabes como vais passar as férias? — perguntei depois. Ela abanou a cabeça.

— Não. Ainda ninguém falou nisso. Acho que vou mesmo ficar por cá. A praia aos fins-de-semana, e já não é mau.

Estava eu a encher-me de coragem para lhe dizer que dali a dias partia para Espanha, quando a Rosa entrou de repente no quarto, e se deitou no colo da Rita espreguiçando-se como se estivesse na mais bela das cadeiras de repouso:

— Tu também vais — sentenciou ela, dedo espetado para a cara da Rita.

— Eu também vou onde? — perguntou a Rita, divertida.

— A Espanha — disse a minha irmã.

A Rita deu uma gargalhada.

— A Espanha a uma hora destas? A Rosa está maluquinha da cabeça. E o que havia eu de ir fazer a Espanha?

— Ver os lobos.

— Para ver os lobos vou aqui ao Jardim Zoológico, que é mais barato.

— A Rosa também já lá foi.

E lá correu outra vez para o corredor, que estar mais que alguns segundos no mesmo lugar é coisa que a minha irmã não é capaz de fazer.

Foi precisamente com a entrada da Rosa no meu quarto e toda a sua conversa que me nasceu uma brilhante ideia. Não há dúvida que as irmãs mais novas são a maior invenção de todos os tempos.

Capítulo 32

A mãe disse logo que sim, mas que era preciso muito cuidado na maneira de lhe explicar as coisas, não fosse ela pensar que a gente tudo fazia por pena dela. E já agora que se esperasse pelo pai, para ele dar também a sua opinião, «que isto», resmungou a avó Elisa, «três cabeças sempre pensam melhor que duas» — tudo para eu ver como se sentia ofendida por eu não ter pedido também a sua opinião sobre o assunto. Tentei remediar o esquecimento.

— E o que é que tu achas, avó?
— Eu? Eu não acho nada. Nem sequer cinco réis a varrer a cozinha.

Não havia dúvida: estava muito ofendida. Acontecia sempre isso quando via as coisas decidirem-se lá em casa

sem ela ter sido ouvida. Para arreliar o meu pai, dizia então que isso da democracia era muito bonito, muito bonito, mas para os outros, pois quando chegava a nossa vez, era o que se via. O meu pai fazia que não ouvia, metia-se nas suas palavras cruzadas, e ela acabava por esquecer a ofensa. Pensei fazer o mesmo, mas depois sempre me decidi a perguntar-lhe, mais uma vez, o que pensava da minha ideia. Quis ficar amuada mais um bocado, mas acabou por responder:
— Cá por mim, ela não incomoda. Desde que não vá ao meu colo... Sim, porque uma viagem a Espanha não é exactamente o mesmo que uma viagem à tabacaria da esquina.
Quando o meu pai chegou (e antes que ele acendesse o cachimbo e se metesse lá com os gorgulhos tropicais ou com a cortesã grega mulher de Péricles) ficou decidido: a Rita também iria connosco.
— Agora vê lá como lhe vais dizer — insistiu a minha mãe.
— Tu é que podias falar com a mãe dela — arrisquei, para ver se pegava. Não pegou.
— A ideia foi tua, não foi? Então és tu que lhe deves dizer. Não me digas que tens medo!
Logo a voz espevitada da minha irmã, sempre a cirandar pela casa toda.
— A Rosa não tem medo. A Rosa fala tudo. A Rosa já sabe tudo e vai a Espanha.
Fiz-lhe uma festa. Não era medo, claro, olha que tolice, agora medo. Mas era assim um bicho esquisito a morder-me o estômago como na véspera dos pontos no liceu, ou na véspera do almoço com a Rita e o pai. Tinha de pensar muito bem nas palavras, de medir muito bem o tamanho de cada uma, e os exactos silêncios entre elas. Um rigor quase científico, como nas experiências de Ciências: nem uma gota a mais nem uma gota a menos.
Não queria que a Rita pensasse de mim o que pensava

das pessoas que a olhavam com ar desolado e a convidavam para tudo e para nada «porque, coitadinha, ela tinha de esquecer». Em tempos normais bastaria um telefonema, meia dúzia de palavras, uma gargalhada pelo meio e tudo se combinava. E talvez ela até começasse a assobiar, coisa que há tanto tempo não faz. Mas agora, apesar de tudo, ainda não estávamos em tempos normais, ambas o sabíamos. Por muito forte que ela se mostrasse, por muito que tivesse subitamente crescido, ela podia ainda magoar-se com uma ou outra palavra mais desajeitada. E a rapidez com que elas às vezes me saltavam da boca, Santo Ambrósio!
Enfio-me no meu quarto a preparar o discurso. Tudo tinha de ser minuciosamente trabalhado. Abro o guarda-vestidos, ponho-me em frente do espelho.
— Queres ir a Espanha connosco, Rita? O pai diz que...
Não. Acho que não devo falar-lhe em pai nem mãe. Tenho de dar outra volta a isto. Se fosse recado escrito, amarrotava agora a folha de papel, escolhia outra, começava tudo de novo. Assim:
— A gente tem um lugar a mais no carro, queres vir connosco?
Volto a parar. Lembro-me que a Rita não sabe ainda que vamos a Espanha e pode pensar que estou a convidá-la para a voltinha dos tristes até Cascais ou à Boca do Inferno. É preciso arranjar um discurso diferente e nisto não há como enfrentar os problemas bem de frente. Aclaro a voz, olho-me de novo ao espelho na pele da Rita:
— Segunda-feira vamos a Espanha, queres vir connosco?
De repente viro a cabeça e dou com os olhos esbugalhados da minha irmã sobre mim. A um canto do quarto, silenciosa como raramente, a Rosa devia pensar que eu enlouquecera.

— A Rita? — foi só o que conseguiu perguntar, no meio do seu espanto.

Começo a rir e pego nela ao colo, como quando ela tinha meses e cabia inteirinha nos meus braços.

— A Rita está em casa dela, e tu tens a irmã mais tontinha do universo.

A Rosa põe os braços à volta do meu pescoço e ri muito, muito, não porque eu tenha dito uma coisa extremamente engraçada mas apenas porque a palavra «tontinha» a faz rir sempre até às lágrimas.

— E agora gire para o pé da avó, que eu preciso de me concentrar no discurso — digo-lhe eu em voz falsamente grossa de pessoa falsamente importante.

Mas já não fui capaz de retomar o fio à meada. Olhava para o espelho e sentia-me tão ridícula que acabei por fechar a porta do guarda-vestidos e pensar que o melhor seria a inspiração do momento. Também a Rita tinha ensaiado comigo tanta coisa a dizer ao pai, e quando se encontrou diante dele soube encontrar exactamente as palavras necessárias. E nenhuma era das que ela tinha antes preparado.

Além disso estava escrito que eu não havia de ter sossego naquela tarde. Despachada a minha irmã, ouço a voz da minha avó, muito mansa, muito doce, isto é, a preparar terreno para me pedir alguma coisa, que eu bem a conheço há 13 anos.

— Marianinha...

— Já aprendeu com o Sr. Guerreiro, já? — digo eu para a arreliar. Não há nada que eu goste mais do que uma avó arreliada. Mas ela fez que não tinha ouvido nada.

— És capaz de dar um pulinho ao supermercado?

Estende-me um bocado de papel com tudo escrito, não vá eu esquecer alguma coisa, entrega-me o porta-moedas, que já trazia na mão, e volta a entrar na cozinha, sem mesmo esperar pela minha resposta. Porque as avós também têm os seus truques.

Capítulo 33

Estico bem o braço para a prateleira das sopas de pacote, com cuidado não vá empurrar a prateleira de baixo com o cotovelo e fazer cair as caixas de bolachas, e os olhos vão-se perdendo pelas letras em cores berrantes, cada uma prometendo um universo de maravilha para as donas de casa e suas excelentíssimas famílias. Com jeito, muito jeito, tiro do meio delas uma embalagem de sopa de cenoura, mas logo ao lado prometem-me que, se eu levar duas de cebola, dão-me a terceira de graça, e eu até nem gosto de sopa de cebola mas como resistir à oferta e aos rótulos tão brilhantes e com uma cebola tão bem desenhada que a gente até chega a pensar que se enganou, e que é impossível não gostar de uma coisa tão bonita, com tantas cores, e de graça, esta cebola deve certamente ter um sabor diferente e não aquele de que eu não gosto. E depois das sopas, na prateleira em frente, 50 marcas diferentes de detergentes informam que cada um deles é o melhor para a minha roupa, que cada um deles foi elaborado expressamente a pensar em mim, e eu fico tão contente e tão agradecida só de imaginar aquelas pessoas todas que fazem detergentes a pensarem na minha roupa, e a dizerem uns para os outros «como a camisola da Mariana vai ficar mais macia lavada com este nosso produto», ou então «como os lençóis onde a Mariana dorme vão ficar mais brancos com este nosso pó», e os aurículos e ventrículos do meu coração ficam cheios de gratidão por tanto trabalho por minha causa. Só que dentre 50 marcas, todas elas feitas a pensar em mim, fico assim sem saber qual hei-de levar, todas elas comprovadas por científicos testes e pelos sorrisos de senhoras nas fotografias das embalagens, decerto também a pensarem em mim.

E depois dos detergentes há os purificadores do ar, com cheiro a pinho, alfazema, rosas, flores campestres, e alguns até têm nomes estrangeiros para mostrarem mais eficácia, e há sempre pelo meio das latas uma que se chama «*green flower*», «*golden day*», ou «*morning star*» ou qualquer coisa no género, e a gente pensa logo como aquilo deve cheirar bem, deve cheirar melhor do que um que promete apenas «ar puro» no rótulo, e nos dias de hoje quem é que gosta de ar puro, com 84 987 marcas diferentes a prometer, todas elas, cheiros diferentes? E então a dona de casa curiosa, e que vai ao supermercado despenteada e com cheiro a lixívia nas mãos e não se parece mesmo nada com as donas de casa tão bem penteadas das embalagens dos produtos, quer mesmo saber se tudo aquilo é verdade, e se a alfazema cheira mesmo a alfazema, e a que coisa estranha irá cheirar o «*morning star*», e então abre o frasco e carrega ligeiramente tal como mandam as instruções, e logo se espalha um vapor ligeiramente perfumado mas que, na maior parte dos casos, não é nada parecido como o que ela leva na ideia (ou no olfacto). Então volta a colocá-lo na prateleira, até que vem uma outra dona de casa e faz exactamente o mesmo, e outra, e mais outra ainda, e muitas outras, e quem comprar aquela embalagem já a leva meio vazia, de tanta experiência.

Olho o papel que a minha avó me deu: faltam ainda manteiga, alfaces, farinha. E diante da prateleira das alfaces uma dona de casa protesta, «se já se viu uma coisa destas, uma alface custar 156 escudos, isto é o fim do mundo», até que outra tenta acalmá-la «ó senhora, não vê que isso é o preço do quilo?», mas ela não desarma, não dá parte de fraca, «e mesmo que seja o quilo, já viu quanto pesa uma alface, já? Para aí uns 300 gramas! Agora faça-lhe a conta e veja se eu não tenho razão!», e a outra abanou a cabeça mas já não encontrou palavras para responder ao que via não ter resposta possível, ou então já estaria a sentir sobre si todos os sorrisos de todas as donas de casa de todas as embalagens, que nunca refilam com o preço das coisas, para quem tudo está sempre certo, mesmo que uma alface ou um quilo dela custe 156 escudos.

Entre as de sal, meio-sal, sem sal, de 250 ou de 125 gramas, dinamarquesa ou portuguesa, desta ou doutra marca, com mansas vaquinhas olhando-nos no papel azul e branco da embalagem, ou apenas letras coloridas, escolho um pacote de manteiga. Aqui, ao menos, nenhum rótulo jura que os pachorrentos animais pensaram no meu bem-estar, e só nele, enquanto produziam o leite.

Volto a conferir o papel, não vá faltar alguma coisa, e meto-me na bicha para pagar. As pessoas têm todas muita pressa, querem todas passar à frente desculpando-se com a frase sacramental «tenho só estas duas coisas para pagar, é um instante», e às vezes o truque resulta e elas lá vão passando à frente dos outros, que resmungam até chegar a sua vez. E todos resmungam e refilam, menos a menina da caixa registadora, que entrou às 8 da manhã e só vai sair à noite, e que não faz outra coisa senão ver os preços, bater as teclas da máquina, ouvir o apito, dar o troco, sorrir, dizer «muito obrigada», como se aquele dinheiro fosse direitinho para o seu bolso em vez de ir para a gaveta da caixa registadora, que ela irá conferir ao fim do dia.

Lá fora cai de novo uma chuva mansa, neste Verão fosco e sem graça. De repente sinto saudades do meu fim-de-semana em Almornos, com a tenda a cair sobre a minha cabeça, e o riso que havia, e as brincadeiras e nós todos juntos. Deixo a chuva correr um pouco pela minha cabeça (não tenho caracóis para estragar) como quando era muito pequena e gostava de chapinhar nas poças de água quando chegava da escola. Apetece-me furiosamente um chocolate. Com amêndoas, se possível. Aqui está uma coisa que a Susana nunca faria. Porque comer chocolate engorda e faz borbulhas na cara, e a mãe quere-a sempre impecável como boneca de porcelana, sem defeitos.

Entro no café, escolho o que me parece mais saboroso (e maior...) e sinto-me bastante melhor, capaz de aguentar a chuva, o dia fosco, os aborrecimentos, as bichas no supermercado, o quilo de alfaces a 156 escudos, o saco de plástico a magoar-me os dedos, o passeio enlameado que leva até casa.

É então que vejo a Rita a correr ao meu encontro, sem chapéu de chuva nem nada, ela sempre tão cuidadosa com as possíveis gripes e constipações. A Rita a correr de verdade, como no tempo em que ainda não tinha crescido tanto, em que as palavras eram todas mais simples de dizer. Chegou ao pé de mim quase sem fôlego. Pensei em 8847 coisas diferentes que lhe poderiam ter acontecido (com a Rita nunca se sabe...) mas, pelo ar divertido com que me olhava, percebi que, pelo menos, coisa grave não

era. Respirei fundo, dando outra dentada no chocolate, e aproveitando para mudar o saco de plástico para a outra mão. A Rita saltava à minha beira como se subitamente tivesse voltado aos 3 anos da Rosa, mas só conseguia dizer:
— Quero! Quero! Quero!

Capítulo 34

Eu não estava a perceber nada, mas pelo menos sentia-me satisfeita por ver a Rita tão contente. Há tanto tempo que ela não ria assim, com a boca inteira, o corpo todo, a alegria a transbordar-lhe da pele.

Agarrou-me pelos ombros e fez-me girar com ela (a Amélia, lá tão longe na memória: «o pretinho Barnabé, tiro-liro, tiro-liro, o pretinho Barnabé, tiro-liro-lé...»).

— Larga-me, Rita! Olha que eu deixo cair isto tudo!

— E eu ralada! — ria ela, continuando a sua dança. E de repente, como quem já não aguenta mais o peso de um segredo:

— Vou com vocês a Espanha!

A frase logo ali transformada em cantiga de roda,

comigo metida dentro dela, com saco de plástico e chocolate, e a chuva a cair sempre:
— Eu vou com vocês a Espanha giroflé, giroflá, eu vou com vocês a Espanha, giroflé, flé, flá!
Naquele momento uma vozinha cá dentro de mim agradeceu muito à minha mãe que afinal sempre se decidira socorrer a filha necessitada de ajuda. É dos livros: as mães refilam, dizem que não, que mais isto e mais aquilo, mas acabam sempre por se comover com os pedidos das filhas.
— Foi a minha mãe que te disse?
— A tua mãe? Eu nem vi a tua mãe!
O meu esquema começava a ficar, subitamente, alterado.
— Então quem foi?
— Ora quem havia de ser: o porta-voz lá de tua casa.
— Quem???
— A tua irmã.
A Rita parara finalmente de dançar na rua.
— Fui lá a tua casa e, mal a tua avó me abriu a porta, a Rosa atirou-se de encontro a mim, numa cantilena desenfreada: «a gente vai a Espanha e tu vais também», isto repetido vezes sem conto, como se alguém lhe tivesse dado corda, e com uma história muito complicada pelo meio, acho que metia lobos e princesas e cabritinhos. E depois ficava muito séria, espetava assim o dedo na minha cara e dizia: «ao colo da avó é que não». Isso é que eu não entendi lá muito bem, eu não costumo andar ao colo da tua avó para a Rosa estar tão aflita, mas tu já sabes como é a tua irmã quando começa com as histórias dela. Perguntei à tua avó o que era aquela excitação toda, e ela confirmou tudo. Menos aquela história de eu não ir ao colo dela, claro. Aí tens o romance todo!

Pronto. É assim que uma respeitável jovem de 13 anos, cheia de qualidades e de encanto, com o dom da palavra entre muitos outros, se vê, de um momento para o outro, destronada por uma linguareira de 3 anos de idade. Tinha eu já o meu discurso preparado, feito com todo o rigor para não magoar a Rita, e sai-me tudo ao contrário. Começo por me sentir ofendida nos meus brios de irmã mais velha, mas acabo por fazer coro com o riso da Rita. Como diria o Sr. Guerreiro se aqui estivesse agora, «rendo-me às circunstâncias». E as circunstâncias — há que reconhecê-lo — são altamente favoráveis à Rosa, que fez bem melhor trabalho do que eu.

Crescer é bom mas tem certos inconvenientes, para lá de não cabermos nos vestidos que ficaram do Verão passado: começamos a complicar as coisas, começamos a ter medo das palavras, começamos a pensar mais na reacção dos outros. No fundo, devia ser a isto que a tia Magda chamava «responsabilidade», enchendo a boca toda com a palavra, que ela adorava entre todas as da língua portuguesa.

No entanto, tentei ainda fazer o papel de ofendida:
— A Rosa bem podia esperar que eu chegasse a casa para te dar a novidade. Mas aquela criança não pode estar calada muito tempo.
— Não te irrites, Marianinha! Não te irrites que ficas com rugas antes de tempo!
— Não me chames Marianinha!
— Pronto, pronto, eu retiro o «Marianinha»! Mas não venhas para cá com esses ares ofendidos que isso comigo não pega. Não venhas com histórias que eu sei bem que tu estavas para aí aflita sem saberes como haverias de me fazer o convite, não fosse eu pensar que também tu estavas a enfileirar no meio de todos aqueles que andam à minha volta com ar de gatos-pingados procurando levar-me para aqui e para acolá para «ver se eu esqueço», com imensa pena nos olhos e nas palavras.

Aí fiquei danada. Se não estivesse a comer o meu chocolate com amêndoas acho que teria barafustado logo no meio da rua. Mas o chocolate acalma-me sempre as fúrias. Franzi as sobrancelhas. Ninguém — nem mesmo a Rosa — tinha o direito de dar com a língua nos dentes dessa maneira. Ergo para a Rita o meu mais furibundo olhar.

— Quem é que te disse isso?
Ela estalou a rir.
— Ninguém. Mas era fácil de adivinhar. Se não, já me tinhas telefonado a contar tudo, como dantes.

Dantes. Nesse pequenino mundo em que ambas tínhamos vivido e que já desaparecera. Nesse pequeno mundo onde a Rosa ainda vive, e corre, e fala tudo o que tem a falar.

— Não é por pena — digo eu.
— Eu sei — diz a Rita.
— É porque é bom estarmos juntas. No restaurante, com o teu pai, a fazer companhia à Maria do Céu naquela casa velha, aqui no meio da rua a apanhar chuva, a caminho de Espanha ou do fim do mundo. É bom. É bom sermos amigas. É bom estarmos ao pé uma da outra. Como tu dizias há dias, aguentamos melhor.

— Aguentamos tudo — diz a Rita.

A chuva escorre um pouco pelo nosso cabelo, pelo saco de plástico, em pequeninas gotas transparentes e frias. Esta chuva tranquila de Verão, que não cheira a «*golden day*», nem a «*green flower*», nem a «*morning star*», mas apenas a terra fresca aos nossos pés. Estendo à Rita o meu chocolate já meio comido:

— Toma. Dá uma trincadela, que isto aquece.

Caminhámos devagar até casa, o chocolate terminado mesmo à entrada da porta. Sacudimos as gotas de chuva do cabelo. Mesmo assim a minha avó começou logo a prever milhentas catástrofes mal nos viu entrar:

— Com esta chuva e vocês nem ao menos uma sombrinha levaram! É gripe certa, vão ver! Ao menos bebam alguma coisa quente.

A Rita tentou acalmá-la e mandar para bem longe os seus agoiros:
— Isto é chuva que não molha ninguém, até faz crescer o cabelo. E nós somos fortes, não há nada que entre connosco!
Passei o meu braço pelos ombros da Rita, sorrindo para ela:
— Nós aguentamos tudo — disse eu.
— Tudo — repetiu ela.